お菓子の船

Okashi no Fune

上野歩

Ayumu Ueno

目次

装画　土居香桜里
装丁　小柳萌加（next door design）

お菓子の船

プロローグ

「お菓子には不思議な力があるんだよ」

「フシギ?」

「そうだ」

祖父の徳造《とくぞう》がゆっくりと頷《うなず》いた。

それは、ワコが六歳の時の記憶である。

「お菓子は、普段食べるご飯とは違う贅沢《ぜいたく》なものだ。特別なものなんだ」

徳造が差し出したどら焼きを、ワコは両手で受け取った。

「さあ、食べてごらん」

物心がついてから祖父に会うのは初めてだ。にもかかわらず、その眼差《まなざ》しや声に安らぎを感じる。この人は、ワコを大事に思ってくれているのだ。

ワコは、どら焼きにかぶりつく。皮が、ふんわりと溶けるようだった。そして餡子《あんこ》が舌の上ですると崩れ、甘さが口の中で広がった途端、幸福感に全身が包まれた。滑らかさが、喉を通り過ぎていく。

うっとりしている自分を見て、徳造は目尻にしわを寄せほほ笑んでいた。深いしわが刻まれた顔。その右頰にしわとは違う、横に走る傷跡らしいひと筋があった。

「ワコ、目を閉じてみろ。なにか見えないか？」

思わずワコは、「春！」と応えていた。まぶたを閉じているのに、風景が広がっていたのだ。暖かな陽射《ひざ》し。頰《ほ》っぺたに受ける風も冷たくない。ランドセルを背負い、桜が並んで立っている道を駆け出す自分の姿が見えた。春になったら小学校に入るのだと、両親から何度も言われている。

「春か。そうか、いいぞ」

「それとね、海」

餡子は、ねっとりと舌に纏《まと》いつきはしなかった。舌の上であっさりほどけると、波がまたゆっくりと波を押すような大海原が広がった。

「そうか、海か」

徳造が満足げに言う。

「どうだ、水菓子《みずがし》のような餡子だろう」

――ミズガシ？

あとで知ったのだが、水菓子とは果物《くだもの》のことだった。それはまさに、徳造から手渡された名前を知らない秘密の果物だったのである。

第一章　風景

1

「おはようございます。今日からこちらにお世話になる、樋口《ひぐち》です」

始業時間の八時より三十分早く、ワコは奥山堂《おくやまどう》の作業場に顔を出した。小豆《あずき》を煮るにおいの中で、若い男たちがいっせいにこちらを見る。五人全員が、山吹色《やまぶきいろ》の七分袖の作務衣《さむえ》に前掛け姿だった。同じ色の和帽子を被《かぶ》っている。

一番年長の四十歳くらいの男性が、「販売はこっちじゃねえぞ！　売り子は店のほうに行け！」と、いきなり怒鳴った。

「あの、あたし、製造部で採用されました」

やっとそう言うと、目の細いその男性がさらに目を細め、見下《みくだ》した笑みを浮かべた。とても背が高く、痩せている。長い顔の顎《あご》が尖《とが》ってしゃくれていた。

「女の職人だと？」

一九九二（平成四）年三月、二十歳《はたち》のワコは製菓専門学校を卒業した。わずか一週間前のことだ。和菓子科の生徒で女子は自分ただひとり。就職の相談に乗ってくれた先生からも「男の世界だから苦労するよ」と言われていた。

ワコが立ちすくんでいると、作業場の奥から五十歳代の男性が現れた。面接試験で会った曽《そ》我《が》だ。大柄で、眉が太く、目がぎょろりとしている。こちらの顎は角張っていた。皆と同じ和帽子に作務衣姿である。

「そうだ、ツル」と曽我が声をかけた。「今日からうちに来る樋口カズコだ」

ツルと呼ばれた細目の男性が振り返って、「工場長」と言う。

「あの、ワコです。樋口ワコです」

遠慮がちに伝えると、曽我が高笑いした。

「そうだった。カズコじゃない、ワコだ。和菓子の〝和〟に、餡子《あんこ》の〝子〟で和子《わこ》。どうだ、この仕事にぴったりの名前じゃないか」

そして再び声を上げて笑うと、「みんな、よろしく頼む」と告げる。

「はい！」

一同が揃《そろ》って返事をした。その声音は、心から承服したものでないのは明らかだった。けれどワコは、皆に向かって、「よろしくお願いします」と頭を下げる。女の菓子職人が受け入れられないことは、承知のうえで就職を決意したのだから。

「ツル、作務衣を出してやれ」そう指示すると、今度はワコを見た。「着替えたら、私のところに来い」

　細目で長身の男性は鶴ヶ島《つるがしま》といって、現場を取り仕切っているようだ。「女の菓子職人とはな」となおもぶつぶつ言う彼から、小さいサイズの作務衣を受け取る。

　販売の女子社員の更衣室で着替え、曽我の執務室に向かった。その部屋は、作業場の一番奥にある。とても狭い部屋で、曽我の机が室内の大半を占めていた。壁の棚にたくさん本が並んでいる。多くは和洋菓子の本だ。俳句の季語を集めた季寄せの背表紙も見える。ワコも持っていた。和菓子は季節とかかわりが深いので、一冊持つように専門学校の授業で言われたのだ。机の上には天秤《てんびん》や木箱に入った分銅《ふんどう》、お菓子を成型する物相型《もっそうがた》などが置かれていた。

「掛けなさい」

と言われ、机の前にふたつ並んで置かれた丸椅子の片方に座る。すると間もなく、背後のドアがノックされた。

「入れ」

　曽我の声に、ドアがあく音がし、誰かが入ってきたようだ。そうしてワコが隣を見やると、黒縁眼鏡を掛けた線の細い男子が丸椅子に腰を下ろした。

「小原《こはら》、おまえ何時に来た？」

「八時始業なので、五分前に来ましたけど」

　隣に座った彼が応えた。どうやら、小原も今日が初出勤らしい。

「八時始業っていうのは、八時に出勤してればいいってことじゃないぞ。八時に仕事を始められる準備が整ってるってことだ。おまえはそうじゃないな」

小原は襟にボアのあるジージャンを着て、ぶかっとしたジーンズを穿《は》いている。両腕で作務衣の制服を抱えていた。きっと鶴ヶ島にここに行くよう言われたのだろう。

「お菓子は誰だってつくれる。だが、おいしいお菓子をつくる人間は、準備をきちんとして念入りにつくる。ただ単にノルマをこなしているような者のお菓子がおいしくないのは、そこに違いがあるんだ。小原、準備を怠るな」

彼がふてくされたように、「はい」と返事をする。

曽我は、彼の態度について取り合わずに話を続けた。

「奥山堂は、浅草寺《せんそうじ》の仲見世《なかみせ》に本店があった。だが手狭になったんで、二十年前に雷門通《かみなりもんどお》りの今の場所に移った」

雷門通りは、浅草のランドマークである朱塗りの雷門の東西に伸びる目抜き通りだ。片側二車線の車道に面した広い歩道はアーケードの商店街が形成されていて、老舗飲食店や土産物屋が建ち並び、国内外の観光客で日々賑《にぎ》わう。

「奥山堂の名前は、江戸時代、浅草寺本堂裏手が奥山と呼ばれたことに由来する。奥山は、大道芸人が独楽回《こまわ》し、猿芝居《さるしばい》、軽業《かるわざ》などを披露する、江戸きっての庶民娯楽の場だった。そこで営まれていた水茶屋の流れを汲《く》み、明治以後には仲見世で奥山堂としてお菓子専門の店を構えるようになった」

雷門の大提灯《ちょうちん》や風神、雷神を模した鉄型にカステラ風の生地を流し込み、餡を入れて焼いた銘菓、雷人形焼きで名をはせた。現在は豊洲《とよす》にある本社工場で生産したお菓子を、全国の百貨店や空港、駅にある直営店で販売する事業を中心に行っている。ここ雷門通りにある本店は、手づくりのお菓子を商う奥山堂の旗艦店である。本店で働くことをワコが切望し、専門学校に推薦してもらったのだ。

一週間前、卒業式のあと、会場となった区民会館近くにある大手緑茶飲料メーカーが経営する抹茶カフェに、同級生の大津哲也《おおつてつや》とともに入った。

「おまえの着物姿見たかったたな」

ワコはスーツを着ている。卒業式に出席したほかの科の女子らは、ほとんどが振袖《ふりそで》に袴《はかま》というスタイルだった。それでもワコにしてみれば和菓子科の女子が自分ひとりである以上、悪目立ちしたくなかったのだ。

ワコが進んだ和菓子科の生徒は四十人。ワコのほかはすべて男子で、そのほとんどは家業の和菓子店を継ぐために通っていた。山形の老舗菓子舗、大津屋の跡取り息子である哲也もそうである。

「きっと似合ってたろうな」

熱っぽい視線を送られれば悪い気はしない。けれど、「地味な顔って着物映えするのかな」照れてそうかわした。

「日本美人なんだよ、ワコは」

「よく言う」

卵型の輪郭をして、小柄な自分を、哲也はそう評してくれる。けれど、奥二重の目尻が細く切れ込んだ自分の顔が好きではなかった。

「俺も来週には郷里《くに》に帰る」

「そうだね」

ふたりの間にしんみりとした空気が流れ、押し黙ってしまう。

「この餡子、おいしい。ちょっと甘いけど」

ワコはあんみつを木のさじでつつきながら言う。だが、徳造の餡子とは比べものにならない。もちろん、目の前にはなんの風景も広がらなかった。

「こっちの抹茶チーズケーキもいいぞ。チョコレートが隠し味になってる」

哲也は、ほんとは和菓子よりも洋菓子のほうが好きなのだ。だから抹茶カフェに入ってもチーズケーキをチョイスする。

「なあ、なるべく電話して声聞かせろよな。そうじゃないと俺、すぐおまえのこと忘れちゃいそうだよ」

たぶんすぐ忘れちゃうよ、あたしのことなんて。哲也は、和菓子科にただひとりいた女子だったから自分に興味を抱いたのだと思っている。その場にたったひとつしかないからこそ、特別な価値を感じて欲しくなるタイプなのだ。ほかに比べるものがある環境に行けば、すぐに関心が移るはず。それを薄々感じながら、ワコは彼の押しに負けて付き合った。やたらと甘いクリームあんみつのような彼の押しに。

「会社全体で行う新卒一括採用とは別に、本店の採用は私に一任されている。私が面接して、おまえたちの採用を決めた」

曽我が、小原とワコの顔を交互に見る。

「五年は辞めるな。石の上にも三年ではなく五年と思え。そうしたら、ひと通りのことは最低限身につく」

なぜ自分は奥山堂を選んだのか――。専門学校二年の夏だった。そろそろ卒業後の就職先を決めなければならなかった。それなのに自分は相変わらず徳造の餡子を求め、お菓子屋巡りを続けていた。日曜日に浅草にやってきた。これまで、大量生産のイメージが強い奥山堂には足が向かなかったのだ。その日は気まぐれに奥山堂の店頭でどら焼きを買い、併設されている喫茶室に入った。店売りしているお菓子を、喫茶室で食べることができる。どら焼きをひと口食べて、思わずワコは目を大きく開いてしまった。風景が映ったからだ。こんこんと湧き出《い》づる清水が見えた。どこまでも澄んで、きれいな、けれど手が切れるほどに冷たい湧き水の風景が。それは、徳造のどら焼きを食べた時に見たのと同じくらい鮮烈な風景だった。翌日、授業が終わるとワコは再び奥山堂に急いで向かった。そして、どら焼きを買って再び喫茶室で食べたが、あの風景を目にすることはできなかった。以後も奥山堂へは何度か通い、どら焼きを味わった。だが、風景は浮かばない。それでも、一度はお菓子の風景を見ることができたのだ。

お菓子の風景――いつしか、自分はそう呼んでいた。

お菓子の風景を持つどら焼きをつくる店で修業ができたなら、自分の夢はかなえられるかもしれない。

「あの、ひと通りのことが身についたら、どら焼きもつくらせてもらえるでしょうか？」

思わずワコが言ったら、隣の小原が眼鏡の奥からぎろりと睨《にら》みつけてきた。

「ああ」と曽我が頷く。「焼き菓子だけじゃない。干菓子だって、生菓子だってやらせてやる」

一九七八（昭和五十三）年一月、ワコが六歳の時に、祖父のどら焼きを食べてお菓子の風景を見た。お菓子の風景は誰もが見られるわけではないというのが、幼いワコにもだんだんと分かった。そして、このことは口にしないほうがいいような気がした。それでも小学校に入ると、徳造のどら焼きを食べた時に見た風景について、我慢できず母にだけ伝えた。けれど、呆《あき》れて取り合ってもらえなかった。だから以後、誰にも言うものかと決めた。

祖父のどら焼きを食べた時には、あれだけ鮮やかに見えた風景だったが、ほかのお菓子を食べてもちっとも目の前に現れない。やはり自分が見たのは錯覚だったのではないかと疑ってしまう。小学校五年生の時だ、なんだかいつまでもこんなもやもやを抱えているのが面倒臭くなった。この際、否定されてもいいやという気持ちで学校で打ち明けた。すると、予想した以上に周りの反応は冷ややかだった。普段から仲よくしている女子の友だちだけに、そっと伝えたつもりでいた。それなのに、いつの間にかクラス中に知れ渡ってしまい、とんだ嘘《うそ》つき呼ばわりされた。むきになって言い返したら、頭がヘンとはやし立てられた。ところが、ひとりだけ違う子がいた。転校してきたばかりの、長い髪を三つ編みにした女の子だ。彼女はワコに近づいてきて、「あたしも見える」とそっと告げたのだ。お父さんの仕事の都合で転校を繰り返してきたらしく、どこか悟ったような表情をした大人びた子だ。彼女はクラスメートと距離を置いていて、ワコも口をきいたのはその時が初めてだった。間もなく彼女は、また転校していった。確か大阪に……。そんなことだから、名前も覚えていない。だが彼女のひと言は、ワコを充分に励ました。

成長する過程で、折に触れて考えた。あたしにはなにがあるだろう？　と。さして美人でもない。地道な努力家ではあるが、目立って成績がいいわけでもない。運動が得意でもなかった。だが、あれがあるじゃないか、と思い至るのだ。お菓子の風景が——。

中学、そして高校へと進学するにしたがって行動範囲が広がり、お菓子を食べ歩くようになった。名店や老舗といわれるお菓子も味わったが、風景は見えなかった。ワコは完全にお菓子の風景の、いや、徳造のどら焼きの虜《とりこ》になっていた。こうなったら、自分であのどら焼きをつくるしかない。そして、もう一度同じ風景を見てやる。

2

「それでどうなのワコちゃん、奥山堂さんは？」

母の姉、川本美代子《かわもとみよこ》が人の好《よ》い笑みを浮かべる。

「どうもなにも毎日洗い物しかさせてもらえません」

あとはせいぜい店売りのお菓子の包装だ。それでも立ちっぱなしの慣れない作業と緊張で、帰りついたアパートの玄関で倒れ込むように寝てしまったこともある。入店してから一ヵ月が過ぎていた。

「おばちゃんには前にも訊《き》いたことだけど、おじいちゃんは若い頃どこかよそのお店で修業していなかったの？」

徳造の修業時代の話を聞いて、少しでも励みにしたかった。単調できつい毎日の仕事に、ともすると音を上げてしまいそうだったから。

徳造には妹がふたりいるが、戦後間もなく地方に嫁いでしまい家業のお菓子屋とは縁がない。徳造について、詳しい話を聞くとしたら美代子しかいなかった。美代子はずっと独身で実家暮らし。かわもとで店の手伝いもしていたし、徳造を看取《みと》ったのも彼女だ。

「それ、お父さんのどら焼きと関係しているの？」

伯母が途端に興味を持つ。ワコがたった一度だけ食べた徳造のどら焼きに魅了され、お菓子職人になったのを彼女は知っている。ワコが自分でも、徳造のどら焼きをつくってみたいと思っていることも。

「もちろん、おじいちゃんのどら焼きについて、なにか分かればというのもあります」

「ごめんね。あたしがお父さんのどら焼きの味どころか、食べたかどうかさえ覚えてなくて。もちろん、お父さんのつくったお菓子を食べてないはずがないんだけど、どら焼きだけは印象がないのよ」

ふっくらした頬は、いかにも甘いものが好きそうだ。しかし、こう見えて美代子は辛党。毎日晩酌は欠かさないが、祖父のお菓子の味には無関心だった。

「前にも言ったとおり、お父さんは、かわもとで修業していただけよ」

かわもとは町場の和菓子屋として美代子の祖父、ワコの曽祖父《そうそふ》が創業した。

「ほんの少しの期間だけでも、よそで修業したことはないんですか?」

「若い頃のお父さんは、修業に身が入っていなかったみたい。それに、兵隊に行くことになったみたいだしね」

おじいちゃん、やる気なかったんだ……。その事実が意外だった。ワコは先ほど仏壇で焼香した時に見た、徳造の写真を思い浮かべる。白い和帽子を被り、ほんのかすかに笑みを浮かべている。額と口の横に深いしわが刻まれてはいるが、今見ると五十代の徳造は若い。しわに混じるように、右頬に横に真っ直《まっす》ぐに傷跡が走っている。

「ワコちゃんが、またかわもとを始めてくれるんだったら、あたし、いつでもレジ打ちのパートやめて、手伝うつもりでいるからね」

美代子が屈託《くったく》なく笑う。姉妹ながら母との違いは、この屈託のなさだとワコは思う。〝またかわもとを始めてくれるんだったら〟か……。そんなこと考えたこともなかった。今の自分は、〝修業に身が入っていなかったみたい〟という若き日の徳造に親近感を抱くばかりだ。このひと言が聞けただけでも、横浜までやってきた甲斐《かい》があったというものだ。こんな自分だって、いつかは徳造みたいになれるかもしれないじゃないかと気持ちを緩く奮い立たせることができる。

「ワコちゃん、ちょっと痩せた？　もともとあなた、お母さん似でスマートだけど」

母が四十三歳だから、ふたつ上の美代子は四十五歳。しかし、ぎすっとしたところのある母に比べて、快活な美代子はいつまでもチャーミングだ。

「修業に根を詰めるのもいいけど、ほどほどにね」

根を詰めてなどいない。迷いばかりだ。それでも、「はい」と応えておく。

「だけどワコちゃん、きれいになったね」

「え⁉」

そんなことを言われて驚く。

「もともと色が白くて、名前のとおり和風の整った顔立ちだったけど、毎日、小豆を煮る湯気の中にいて、ますますお肌がしっとりしてきたんじゃない？　あんたのおじいちゃんも、顔の色艶がよかった。あれ、きっと餡子を炊いてるせいだって思ってた」

「あるんですか、そんなこと？」

「あたしの持論」

なんだあ……。

ふたりで声を上げて笑い合う。

ふと、これまで美代子にも秘密にしていたことを、打ち明けてみたくなった。

「伯母ちゃん、あたし、おじいちゃんのどら焼きを食べた時、風景が見えたんです」

伯母は不思議そうな顔をしている。

「春と海、ふたつの風景なの……」

母に話した時のように呆れられたらどうしよう?

「信じてもらえないかもしれないけど……」

すると、伯母が真っ直ぐにこちらを見た。

「信じるに決まってるでしょ」

ワコも美代子を見返す。思わず涙ぐみそうになる。

「……ありがとう」

やっとそれだけ言っていた。

3

美代子の家をあとにし、中町《なかまち》駅までは歩いて五〜六分。中町からターミナル駅の横浜までは私鉄で三駅と便がいい。

神奈川県最大の都市である横浜市。経済活動と市政の中心は横浜港側に集中している。中町は、その名のとおり横浜港から中に入ったところにある町で、かつては工業地域だった。しかし、都市化の進行に従い大型工場は、京浜工業地帯やさらに地方へと分散していった。比例するように工場に就労する人々や、その家族が利用する商店が数多くあった中町もさびれてしまったのだ。工場の跡地は住宅になったが、そこに住む人々は地元ではなく横浜で買い物をする。かつて商店街を形成していた駅に向かう通りには、数軒の店舗が残るのみ。通りの一方は中川《なかがわ》という二級河川である。川に沿って続く並樹《なみき》の桜が、満開を迎えていた。

ワコは一軒の電器屋の前に立つ。ここは、かつて菓子舗かわもとだった。十四年前、徳造が亡くなるまでは。

ワコが生まれて間もなく、父は浜松勤務になり一家で移住。父の再びの転勤で横浜に戻ったのが、ワコが六歳の時だ。物心つくかつかないかの頃に、何度かかわもとを訪ねてはいた。しかし、差し出されたどら焼きの思い出はひと際鮮やかだ。ワコがどら焼きを味わい、お菓子の風景を見た翌朝、徳造はかわもとの工房で倒れた。そして、そのまま帰らぬ人となった。

「ワコじゃねえか」

という声に振り返る。小中高と学校が一緒の、井手田陽平《いでたようへい》が立っていた。短めに刈った頭、紺ブレと白シャツにデニムを合わせたきれい目の渋カジで、相変わらずオシャレに気を遣っている。肩にキャンバス地のトートバッグを提げていた。

「おまえ、いよいよ和菓子屋を始めることにしたのか？　店の下見に来たんだろ？」

「そんなはずないじゃない。まだ修業の身だよ」

こっちはかつかつの生活で、とても流行《はや》りの服なんて身に着ける余裕はない。

「陽平は大学卒業したら、お店を継ぐの？」

ワコが投げかけた質問に、彼はピカピカに磨いたローファーの先に目を落とす。

「大学に行ったのも、すぐにうちの仕事をしたくなかったからなんだよな。とはいえ、うちの商売を継ぐって条件で進学させてもらったし。まあ、この四年間は執行猶予《しっこうゆうよ》みたいなもんよ」

「そんなにヤなの、こんにゃく屋さんになるのが？」

「ヤだよ」

と陽平がげんなりした顔になる。陽平の実家、井手田食品はこんにゃくの製造販売をしていた。店はこの並びで、五軒先にある。

「うちのこんにゃくはよ、〝まずい〟って言われたことねえんだ」

「結構なことじゃない」

と言い返したら、彼が小さく首を振った。

「〝うまい〟って言われたこともねえ」

ワコは黙ってしまう。

「だいたいがよ、〝このこんにゃくうまいな〟って言葉聞いたことあるか？」

「あたし、こんにゃく好きだよ。おでんとかさ」

「そりゃ、こんにゃくが好きなんじゃなくて、おでんが好きなんだろ」

なるほど、と納得してしまう。

「こんにゃくには、うまいなんて求められてねえんだよ。言われることときたら、せいぜいが高いか安いかだけ」

ふてくされたようになおも言い募る。

「だいたいうちなんて、創業が明治なんていっても古いだけだ」

井手田食品とかわもとの創業は同時期。陽平の祖父と徳造は幼馴染《おさななじみ》だと聞いた覚えがある。若き日の徳造が、お菓子の修業に身が入らなかった理由が分かるかもしれない。


「徳造は、菓子職人になりたくなかったんだ」

と陽平の祖父、義男《よしお》が言った。彼は六十九歳。井手田食品の前の陽だまりに置いたパイプ椅子に座り、通りを行く人々を眺めていた。チェックのハンチング帽を被り、黒革のジャケットを羽織っている。薄く色の入ったレンズのメガネを掛けていた。陽平がオシャレなのは、義男に似たのかもしれない。

ワコは、店の奥で白衣に白い長靴姿で働いている陽平の父親に軽くお辞儀してから、義男のほうに向き直った。

「誰しも、自分の家の仕事をしたいとは思わんものだよ」

その言葉に、隣にいる陽平が反応した。

「じゃ、じいちゃんもこんにゃく屋になりたくなかったのかい？」

義男が薄《う》っすらと笑った。

「むろん、そうだ」

陽平が我が意を得たりといった顔をする。義男が続けた。

「俺が若造の頃は、こしらえた生麩《なまふ》やこんにゃくを八百屋のほかに料亭や牛鍋屋に納めとった。この辺りは工場や会社があったから、接待用の飲み食いする店がたくさんあったんだ。まあ、今残っとるのは開港楼《かいこうろう》くらいだがな」

開港楼は老舗の牛鍋屋だ。

「こんにゃくっちゅうのは、鍋料理やおでんに用いられる冬の食材だ。夏は暇になるから、商売の手立てを考えなけりゃあならん。そんな商売、俺はやりたくはなかった」

色のついたレンズ越しに覗《のぞ》く義男の目が、遠くを見るようなものになった。もしも徳造が生きていたなら、この人と同じように齢《とし》を重ねていたはずだ。

すると、義男がなにか思い出したように笑った。さも面白そうな笑みだった。そして、意外なことを口にする。

「徳造は、自分が菓子職人であるがために女にフラれたと思い、すねておった」

「ええ⁉」

ワコは驚く。

「開港楼の娘、八重子《やえこ》に袖にされ、それで一度は菓子屋になるのをやめた」

「やめたんですか⁉」

義男が頷く。

「それで、海軍の志願兵になった」

「志願兵って、それじゃ、おじいちゃんは自分から進んで戦争に行ったんですか？」

「八重子に相手にされなかったのが、よっぽどこたえたんだろう」

そう言うと、義男が、「ひっひっひ」と笑った。

「そんな徳造だったが、戦後はかわもとで真面目に働くようになってな。ある時、こんなことを言っとった。マムロ羊羹《ようかん》のおかげだ、と」

「え、なんですか、それ？」

慌てて訊き直す。

「自分が菓子職人として一本立ちできたのは、マムロ羊羹のおかげなんだと、そう言っとった」

「なんでしょう、そのマムロ羊羹っていうのは？」

「さあな」


開港楼は、中町駅前にあった。弓なりに反った風格のある大屋根、白壁と張り出した露台《ろだい》の三層からなる木造の建物は、かつてはとてもモダンだったのだろう。けれど、町の閑散とした印象は駅前も同様で、老舗のたたずまいも古色蒼然《こしょくそうぜん》として目に映る。

中に入ろうかどうしようか迷いながら、ワコは各層の軒下にある極彩色の絵に目を留めた。黒船来航など、横浜開港の歴史が錦絵風に描かれている。

「鏝絵《こてえ》というんですよ」

隣に立った着物姿の年配の女性がそう説明する。結い上げた豊かな白髪が美しい。

「左官職人が、鏝で漆喰《しっくい》を使って描く絵なので、この名がついたんですわね」

彼女が店の中に入っていこうとするので、ワコは慌てて、「あの、すみません」と呼び止める。

「開港楼さんの方ですか?」

「この屋の主《あるじ》です」

にっこりと応える彼女に向かって、「失礼ですが、八重子さんですか?」と、すかさず尋ねていた。

不審そうな表情を見せたあと、長く客商売の世界にいる人らしい社交的な笑みを浮かべる。

「八重子は姉です。あたくしは志乃《しの》と申します」

「あの、あたし、ワコっていいます。川本徳造の孫です」

すがるように告げた。

「まあ、トクちゃんのお孫さんなの⁉」驚いた表情になる。「そういえば、切れ長の目がそっくり」

志乃に開港楼の中へと招き入れられる。内装も和の重厚な空間で、古いが、どこも磨き立てられている。板敷《いたじき》の廊下を歩いて和室のひと間に案内された。

「お昼と夜の合間の休み時間なんですよ」

今は午後三時。義男は隠居したようだが、同年代の志乃はこの開港楼をいまだに先頭に立って切り盛りしているようだ。

「ワコさんとおっしゃいましたね。姉にどんなご用かしら?」

どう話していいか迷ってから、「祖父の若い頃の話を聞きたくて伺いました」と言う。

「いったいなにをお知りになりたいの、若い頃のトクちゃんのことで?」

「あたし、和菓子の職人を目指しているんです。祖父の修業時代の話が聞けたら、参考になるかもしれないって」

「あの人は一途《いちず》で、お人好《ひとよ》しなくらい優しい人だった」

「え?」

「トクちゃんよ」

あ、おじいちゃんのことか。

「姉は華やかで人気者でね。子どもの頃、いつも友だちに囲まれていたの。あたくしがぽつんとひとりでいると、トクちゃんはお店から持ってきたお饅頭《まんじゅう》を手に握らせてくれた」

志乃が意味ありげな笑みを浮かべる。

「あら、ごめんなさい。勝手にこんなおしゃべりして。ワコさんは、姉に会いたくていらしたのに。でも、姉はここにいませんの」

「あのう、ではどちらに?」

「若いうちに出ていったんですよ。父に勘当されたんです」

ワコは呆気《あっけ》に取られた。

「でも、それももう昔の話。あたくしは、帰ってくるように言ったんですよ、姉に。けれど、意地になっているみたいで」

「じゃ、あの、ご存じなんですか、八重子さんの居場所を？」

志乃が応えずに、問い返してくる。

「姉のことを、誰に聞いてここに？」

「井手田食品の義男さんです」

「義男さんは、あなたになにを言ったの？」

「祖父は八重子さんに失恋して、海軍の志願兵になったと」

志乃が再び意味ありげな笑みを浮かべた。

「いいわ。ちょっと待ってね」

志乃が座敷《ざしき》を出ていく。ワコはこれまでのやり取りに、虚脱したように座っていた。雪見障《ゆきみ》子から、よく手入れされた坪庭《つぼにわ》を見渡せる。

しばらくして戻った志乃に、メモを渡された。病院か、それともなにかの施設らしい名前と横須賀市《よこすかし》の住所が書かれている。

「面会には事前の予約が必要よ。当日に電話して、〝これから行く〟はダメみたい。本人の様子次第では、面接が決まっていてもキャンセルになるそうだから」

八重子は、どこか悪いのだろうか？　と思っていると、「姉も若い人が話し相手になってくれるなんて、喜ぶかもしれませんわね」と志乃が言った。

「もうひとつ教えてください。マムロ羊羹をご存じですか？　祖父は、その羊羹のおかげで職人として一本立ちできたと」
「さあ、聞いたことないわね」

4

ワコは寸胴《ずんどう》鍋を洗い終えると、「ふう」と息をついて腰を伸ばした。洗い場では中腰の作業が続く。隣でやはり寸胴を洗い終えた小原が、さっさと帰っていく。その背中に、「お疲れさま」と声をかけたけれど、彼はいつものように無視した。

人けのなくなった広い作業場を見渡す。帰ろうかと思ったが、普段は聖域のようで近づくのも恐れ多い餡場《あんば》のほうに、なんとなく足を向けてみる気になった。これも慣れというものだろう。

作業場の奥の餡場には、小豆を煮るためのガスコンロや、煮た小豆を炊く大きな餡練り機が置かれている。それがちらりと目に入ったところで、やはりやめておこうと思う。こんなところを、もしも誰かに見つかったら叱られるかもしれない。

引き返そうとしたら、ステンレスの作業台に皿に載った桜餅《さくらもち》がひとつあるのに気づく。関西風の道明寺《どうみょうじ》ではなく、生地《きじ》を薄く焼いた関東風だ。しっとりした淡い紅色の皮の間から、こし餡が覗き、皮は一枚の桜の葉で包まれている。殺風景な作業場で、その桜餅だけが明るく照らし出されているように、それはそれは美しかった。いや、きれいの前に、「おいしそう！」——思わず口に放り込みたくなる。

「和菓子で一番大切なものは季節感だ」

背後で声が響く。びくりとして振り返ると、曽我が立っていた。

「桜餅や柏餅《かしわもち》にも、作り手の季節の表現が色濃く映し出される」

「工場長——」

「店売りの桜餅の出来ばえが今ひとつだった。みんなが見るように、私がつくって置いておいた。おまえや小原はまだ桜餅をつくらないが、見ておくといいと思っていた」

曽我がにこりともせずに語り続ける。

「いいか、常に耳目を働かせろ。餡子の炊けるにおいを嗅げ。洗い物をしていても、全身でお菓子づくりを学ぶんだ」

夢中で、「はい」と返事した。

曽我が頷くと、「食べてみろ」と言う。

「いいんですか？」

再び工場長が頷いた。

ワコは意を決して作業台に近づくと、宝石のような桜餅を手に取った。

「いただきます」

桜餅を包む塩漬けした桜の葉は、香り付けをするのと乾燥を防ぐためのものだ。右手で桜の葉を剝がすと、左手で口に運ぶ。いつつくったものか分からないが、少しも硬くなっていない。まるで出来立てのようだった。ひと口めで優しい甘さが広がった。そのあとで、桜の葉の香りが鼻に抜けると、風景が見えた。ワコの中で広がったのは、一本桜だ。青空と広い平原の間で、それだけが大きく枝を広げている一本の満開の桜。その凄《すご》みさえ感じさせる美しさだった。

桜餅を、今度は塩漬けの葉と一緒にもうひと口食べる。塩味が、餡の甘味をさらに引き立てる。かすかな悲しみが胸を打った。ワコの中に、また別の風景が浮かんだからだ。小学校の校庭に桜の樹《き》があった。五年生の葉桜の頃だった。クラスのみんなから離れて、ひとりだけぽつんと樹の幹にもたれている三つ編みの女の子がいる。あの子と仲よくしないと、そう思いはするもののなかなか実行できない。そのうちに、彼女はまた転校していってしまった。

そこでワコははっとする。今なら分かる。あの子は、仲よしの友だちができると別れがつらくなるから、みんなと距離を置いていたのだ。

慰撫《いぶ》するように、桜餅の穏やかな甘さが自分を包んでくれる。ワコの頰をひと筋涙が伝った。

「お菓子を食べる時、人の心にはさまざまな思いが浮かぶ。お菓子は、人の心を映す鏡なのだ。もちろん、つくり手の中にある風景が、そっくりそのまま食べる人の心に伝わるわけではない。しかし、つくり手の心が緩んだお菓子には、なんの思いも浮かばない」

工場長にも見えるのですか？　思わずそう訊きそうになる。よいお菓子を味わうと、風景が見えるのですか？　だが、もちろん口には出せなかった。笑われるのが怖かったのだ。

かつて奥山堂で食べた、湧き水の風景が見えるどら焼き。あのどら焼きは、きっと曽我がつくったものだ。

幼い自分は、徳造のどら焼きに魅せられた。もう一度食べたいと思ったけれど、かなわなかった。鮮烈な風景だけをワコの中に残して、消えた祖父とかわもと。あのどら焼きを食べたことで、自分の人生は決定づけられてしまった。もう味わえないもの、もういけない場所、だからこそよけいに強く心が求めるのだ。

第二章　横須賀港

1

ワコは左手を握り締め、手の中のこし餡を親指とひとさし指の間から押し出した。そして右手の指先でちぎり取ると、バットに並べていく。ひとつひとつの餡子は玉になっていなくてはいけない。女の自分は手が小さい。だから、左手でつかめる餡の量が少なくなる。そこで、作業効率を落とさないため、左手から押し出した餡を右手で丸めるワンアクションを省略できないかと考えた。左手から押し出した時点で、餡玉になるように握りや力加減を工夫することにしたのだ。

奥山堂に来てから五ヵ月が過ぎた。菓子包装や洗い物の合間に、やっと餡玉《あんだま》切りをさせてもらえるようになっていた。

ボウルからこし餡を左手でつかみ取ると、再び親指と人さし指の間から押し出し、右手でちぎっては並べる。作業台の向かいで小原が同じ作業をしていた。彼の仕事のほうが断然早い。

傍らを通りかかった鶴ヶ島が、ふたりの作業を一瞥《いちべつ》したようだった。そして次の瞬間、予想もしない言葉が彼の口から飛び出した。

「ワコ、おまえは明日から包餡《ほうあん》をしろ」

「は……はい！」

自分でも意外で、そして嬉《うれ》しくて、返事が上ずってしまった。包餡とは、餡子を生地で包む作業をいう。

「なぜですか⁉」向かいにいる小原が、納得できないという顔で鶴ヶ島に訴える。「俺のほうが餡玉切りが早いのに」

最初のうちは手を抜くことばかり考えていたような小原だったが、近頃は早く認められたいという焦りのようなものが感じられるようになっていた。

鶴ヶ島が、細い目をいっそう細めて小原を見やった。

「おまえ、自分の餡玉を幾つか秤《はかり》で量ってみろ」

小原が言われたとおりにする。彼の顔色が変わった。

「今度はワコのを量れ」

小原はワコのバットから餡玉を取って、秤に載せた。そして、急いで次の餡玉を取って、また秤に載せる。幾つも幾つも、まるで全部の餡玉の重さを確かめんとするように繰り返した。

「もういい」と鶴ヶ島が告げる。「ワコの餡玉は、どれもぴたり二十五グラムのはずだ」

「どうして量っていないのに分かるんです？」

「並んでる餡玉を見れば分かる」

鶴ヶ島が作業台のふたつのバットに目をやった。

「ワコのバットには、十個の餡玉が十五列に整然と並んでいる。おまえのはどうだ？　列が乱れてるだろ。それは、餡玉の大きさが均等でないってことだ」

小原がうなだれた。しかし、すぐに顔を上げると、鶴ヶ島に食ってかかる。

「聞いてませんよ、一個の餡玉を二十五グラムにするなんて！　最初からそう言ってくればいいじゃないですか！」

鶴ヶ島の手が伸びて、小原の作務衣の胸倉をつかむと絞り上げた。

「舐《な》めた口きいてんじゃねえぞ、この野郎」

低い声で嚙《か》み締《し》めるようにささやく。細い目はさらに糸を引いたように細められ、そこからは白目だけが覗いていた。

「仕事は見て盗むもんだ」

とがった顎を突き出すように言うと、小原の胸もとをつかんだ手にさらに力がこめられる。長身の鶴ヶ島に吊《つ》り上《あ》げられた小原は爪先立ち、顔は天井を仰いでいた。頭から帽子が脱げ落ちる。

先輩職人たちは、それぞれ自分の仕事をしている。目だけを向け、薄く笑っていた。

「教えられたことは、ただ耳に入るだけで、身につかねえんだ」

鶴ヶ島が突き飛ばすように手を離すと、小原がよたよたと後ずさりして尻餅をつく。

今度は鶴ヶ島がワコのほうを向いた。

「いいか、おまえも包み物の手が遅いと、餡玉切りに逆戻りだからな」

そう言い残すと、鶴ヶ島は餡場のほうに行ってしまった。

小原が立ち上がった。顔を紅潮させた彼に、ワコは落ちた帽子を拾って差し出す。それを彼が引ったくるように取り戻した。

「おまえのせいだからな」

絞り出すように小原が言う。怒りなのか悔しさなのか、肩が震えていた。

「おまえが餡玉切りのピッチを上げたから、それに釣られて大きさがまちまちになったんだ」

小原も自分も、餡玉切りで何度もダメ出しされた。作業が遅いのか、形が悪いのか、大きさが不揃《ふぞろ》いなのか、先輩職人は理由についてはなにも言わず、ただ突っ返す。ワコは仕方なく、饅頭《まんじゅう》を包餡する先輩の手を観察した。きっと、包みやすい餡玉の形や大きさがあるはずだ。しかし、あまりじっと眺めていると、その先輩は手もとを隠すようにしてしまう。そんな攻防戦の果てに、先輩が使ってくれる餡玉の大きさが分かった。量ってみたら二十五グラムで、ワコはそれに統一することにしたのだ。

「仕事は見て盗むもんだ」――先輩たちは、そのまた先輩たちから同じことを言われ続けてきたのだろう。そして、後輩たちには盗ませないようにする。それはなぜ？　後輩たちに追い越されまいとして？

「引っ越して半年も経《た》って、やっと親もとに顔を見せたわけね」

母が呆れて言う。

「まだ半年経ってないし。五ヵ月だよ」

そうワコが反論したら、「ゴールデンウイークも帰らなかったじゃないの」と、すぐさま奈《な》津《つ》にやり返される。

「ゴールデンウイークは書き入れ時で、まとまった休みが取れなかったの」

それでもともかく三日間の夏休みに、ワコはこうして実家に帰ってきた。

そしてこの夏休み、哲也は東京に来なかったし、自分も山形に行こうとは思わなかった。近頃は連絡も途絶えがちである。

頭の中は母との会話と別のことを考えていたワコは、それを振り払うように父に声をかける。

「お父さんは食べないの?」

ワコはダイニングテーブルで、奈津手ずからの鶏《とり》の照り焼き丼を食べていた。

ダイニングと続くリビングのソファにいる武史《たけし》が、「とっくに食べた。もう二時近いじゃないか」新聞から目を上げずに返事する。だが、父が新聞を広げているのはポーズだけなのを知っていた。なぜなら眼鏡を掛けていない。四十六歳の父は、昨年あたりから急に老眼が進んだ。武史は、久し振りに娘に会って照れているのだ。

武史は、ワコが製菓専門学校に進む時にも、和菓子職人になるため奥山堂で修業を始めたいと言った時にも反対はしなかった。積極的に賛成してくれたわけではないが、自由にさせてくれた。まあ、ダメだと思ったらいつでも帰ってこいというスタンスか。

夏休み最後の今日は土曜日である。それで、実家に顔を出す気になったのだ。このままだと、いつその気になるか分からない。母娘《おやこ》関係がこじれるのはもっと面倒だし、土曜なら武史もいてちょうどいい。ワコに甘い父が、奈津との緩衝材《かんしょうざい》になってくれるはずだ。

昼頃着くように帰るから、と電話で伝えたら、「お昼ご飯うちで食べるでしょ」と奈津に言われた。「なにが食べたい?」母は料理上手である。ワコは迷わず鶏の照り焼き丼をリクエストした。母のあれは絶品だ。ところが、休みの朝だし少し寝坊し、ぐずぐずしているうちに出るのが遅くなってしまった。浅草とは隅田川を挟んだところにある墨田区のアパートは、奥山堂に通うには便利だけれど、実家までは二時間かかる。着いた時には、すでに一時過ぎで、久し振りの娘の帰りを今か今かと待ち構えていた奈津は、もう機嫌を損ねていた。「ただいま」と玄関のドアを開けた途端、切れ長の目できっと睨まれてしまった。

それでも鶏の照り焼き丼は美味だ。ご飯の上にきれいに盛り付けられたネギ、シシトウ、シメジは鶏肉とは別に炒《いた》められている。半分に切った茹《ゆ》で卵《たまご》が添えられているのも嬉しいではないか。

「おいしい」

大根と油揚げの味噌汁《みそしる》の椀《わん》を置きながら、シンクに向かって立つ母の背中に言う。

料理とお菓子をつくる過程で一番違うのは味見をするかしないかだ。お菓子は、つくりながら味見をしない。

奈津がくるりと振り返って、「晩ご飯なにがいい?」と楽しそうに訊いてきた。

「ごめん、これから行くところがあるんだ」

「え、泊まらないってこと?」

「明日、朝早いし」

途端に彼女の視線が鋭くなる。あの切れ長の目をワコも受け継いだ。ともすれば、きつい印象に見られないかと自分も気にしている。

向こうで父が、「なんだ、晩メシ一緒に食えないのか? おまえとビール飲むの楽しみにしてたのに」心底がっかりしたような声を出す。

「二十歳過ぎて、少しは飲むようになったんだろ?」

「お酒なんて飲まないよ。そんなおカネないもん」

今度は母が、「だからうちにいればいいんじゃない」と、ワコの発した〝おカネない〟のひと言に食いついてくる。

「家を出て、そんな仕事してるからじゃないの」

自ら地雷を踏んでしまった、とワコは後悔する。そして、食べ終わった食器をシンクに運ぶと、無言で洗い始めた。こうなるから家に帰りたくないんだ。奈津は、ワコがお菓子職人になることに反対していた。

「そんなのいいわよ。わたしがするから」

隣で奈津が言う。ワコは食器を洗い終えると、「ごちそうさま」と母の顔を見やる。そして、玄関に向かった。

「もう行くの?」

奈津が後ろをついてくる。

「横須賀で人に会うんだ」

ワコはダイニングのドアを開けて玄関口に出た。すると、父もやってきた。

「ワコ」

「ビールは今度ね」

と言ったら、「お父さんの会社な、今度、和菓子部門を立ち上げることになったんだ」武史が意外なことを口にする。

「和菓子を?」

武史が頷く。父は大手食品メーカー、味和産業《みわさんぎょう》に勤めていた。主力は製パンで、コンビニやスーパーに食パンや菓子パンを卸してはいたが、和菓子は新規事業だろう。

「お父さんが責任者だ」

「その話、またゆっくり聞かせてね」

興味のある話題だったが、会う約束をした人がいる。ワコは、「またね」と両親に笑顔を投げかけ外に出た。

海風院《かいふういん》は、横須賀港を見下ろす高台にあった。正門らしい大きな門から敷地《しきち》内に入ると、中央に塔のある、両翼を水平に広げたようなレンガ造りの古い建物が威容を現す。門の横に案内図があった。この病院を中心に扇状にふたつの道が伸びていて、それぞれに五棟ずつの院舎が並んでいる。八重子は、海側に建つ第三院舎に居住していた。

ワコは病院の横を抜け、森を切り開いて通したような道を歩く。いや、あとから道をつくったのではなく、樹木が育って森を形成したのだろう。遅く取った夏休みで、もう八月末である。陽射しは衰えているとはいえ、あたりに草いきれが漂っていた。

洋風の木造建築の前に立つ。大きな二階屋で、古いサナトリウムとでもいった雰囲気だった。同じ建物が道の途中にも二棟あった。そして、目の前に建っているのが第三院舎だ。

三角に張り出した屋根のある玄関口から中に入ると、医院のような受付の小窓があった。そこから覗き込むようにして、ワコは来意を告げた。すると、看護婦のような白衣を着た、ただしナースキャップは被っていない若い女性が出てきて、二階に案内してくれる。冷房の効いた明るい廊下を歩き、一室の前で立ち止まると、彼女がドアをノックした。「はい」と中から声がして、ドアを開けると椅子に座っていた年配の女性が上目遣いにこちらを見る。本を閉じるとクリーム色のスラックスの膝の上に置き、そのあとで掛けていた眼鏡を外して本の上に置いた。品のよい薄いえんじ色のチュニックを着ている。彼女が改めてこちらを見た。

「昨日連絡させていただいた、樋口ワコといいます」

そう名乗ってお辞儀した。

白衣の女性がもう一脚椅子を運び入れてくれ、ワコに勧めてくれる。礼を言って、腰を下ろす。八重子と向き合う形になり、緊張した。白衣の女性が出ていき、室内にふたりきりになると、さらに緊張が高まった。

「トクちゃんのお孫さんだそうね」

志乃と同様、豊かな白髪が美しい女性だった。和服姿だった志乃とは違い、髪をひとつに束ねてチュニックの肩の上に後ろから前に向けて垂らしている。痩せて、凜《りん》とした印象だった。

「突然押しかけて申し訳ありません」

八重子の隣に小さな書き物机がひとつ。ベッドがひとつ。戸棚がひとつ。あとはなにもない質素な部屋だった。ベッドの向こうに窓があって、横須賀港を望むことができた。そこには自衛隊やアメリカ軍の船舶があり、軍港の様相を呈している。

「目のあたりなんて、トクちゃんに感じが似ているわ」

母も自分も祖父に似たのだ、とワコは思う。

「わたしに会いたいなんて、どんなご用かしら?」

八重子のところには、もっと早く訪ねたかった。しかし毎日の忙しさに紛れて、訪ねられないでいたのだ。徳造の若い頃の話を聞くより、目の前の覚えることが多すぎた。そのくせ夏休みのこれまでの二日間にしても、部屋の掃除もせずにぐだぐだ過ごしただけである。今のワコは、少しでも技術を向上させたい焦りと、ひたすら休みたいという欲求がない交ぜになっていた。

「率直に申し上げます。実は、ある人から祖父についてこんな話を聞きました。八重子さんに〝袖にされ、それで一度は菓子屋になるのをやめた〟と。〝それで、海軍の志願兵になった〟と。本当なんでしょうか?」

「そんなことを言ったのは、こんにゃく屋の義男でしょう? でもね、トクちゃんとわたしは、仲のよい幼馴染《おさななじ》みだった。ただそれだけ」

「では祖父は、八重子さんに失恋して海軍に入ったのではないんですか?」

「いいえ」

彼女がきっぱり否定した。

「わたしは、ある男性を好きになった。その人――板根《いたね》には、胸を患い、命旦夕《めいたんせき》に迫った奥さまがいたの。……時代がかった言い回しだったわね。今にも死にそう、という意味」

思いもかけない話を聞かされ、どう反応していいか困った。

「志乃は、トクちゃんが好きだった」

ワコは驚く。志乃はそんなことを言わなかった。そうして開港楼で彼女が浮かべた、意味ありげな笑みを思い出していた。

「文箱《ふばこ》に入れておいた板根からの手紙が、誰かに読まれた気がした。志乃は、わたしのしていることを知ったのね。それをトクちゃんに告げ口した。姉は、妻帯者に恋をするようなふしだらな女なんだ、と。そう知らせて、トクちゃんを幻滅させせようとしたのね」

「志乃さんは、祖父が八重子さんを好きだと勘違いしていたんですね」

八重子が頷く。

「横須賀の板根の家を訪ねようとするわたしに、トクちゃんはあることを告げにきたの。その時、海軍に入るんだって言っていた」

一九四二（昭和十七）年六月初旬、十九歳の八重子は込み合った列車に揺られていた。近頃は昼夜を問わず列車が混雑している。昨年十二月八日のアメリカとの開戦以前から、日本はずっと中国と戦争を続けていた。

出入り口の扉近くに身を寄せていた八重子は、終点の横須賀駅に到着した途端に焦げ茶色の車両からたくさんの客とともに乗降場に吐き出された。

改札から外に出ると、横須賀港が広がっている。円蓋《えんがい》の門の前に、銃を持った衛兵が立って睨《にら》みを利かせていた。帝国海軍の幾隻もの軍艦が、鉄《くろがね》の城のような身を威風堂々と碇泊《ていはく》させている。急峻《きゅうしゅん》な崖地に囲まれた自然の要塞がこの軍港だった。

「ヤエちゃん」

そう呼び止められ、はっとして振り返った。

「トクちゃん」

白い開襟シャツ姿の徳造が立っていた。

「どこに行くんだ？」

無言のまま立ち止まっている八重子のもとに徳造が歩み寄る。

「いや、どこに行くかは知ってるぞ。男の人の家だろ？　女房がいる人なんだって、な」

八重子は開港楼の仕事を手伝う中で、馴染み客で銀行員の板根と親しくなった。

「どうしてそれを？」

と問《と》い質《ただ》すと、徳造は黙ってしまう。だが、八重子には思い当たるところがあった。

「奥さまは胸を患って、茅ヶ崎《ちがさき》の療養所にいるの。わたしは、ひと月に二〜三度、板根さんのおうちのお掃除や身の回りのお世話をするだけ。奥さまがいなくて困っているから」

抱えている風呂敷《ふろしき》包みには割烹《かっぽう》着が入っている。八重子はどんどん歩き始めた。徳造が慌てたようについてくる。軍人相手の酒場や食堂、宿屋の混じった町並みは観光地のように賑やかだ。それが、高台に向かう坂を上るにしたがい民家や農地が多くなる。

「重いそうじゃないか、その板根さんの奥方の病気は」

八重子は頷く。

「板根さんが奥さまを訪ねている間、わたしは留守のお宅にお邪魔する。入院されている奥さまも、お洗濯が必要なものがたくさんあるのよ。それから、板根さんが召し上がる夕食の煮炊きをして帰る。それだけ」

「それだけ……でいいのか？」

「え？」

はっとして徳造に視線を向けた。

「それだけでいいはずがない」

彼の言葉に、うつむいてしまう。

「思ってもいけないことだというの？　相手の方と気持ちを通い合わせたい――そう思うだけで罪だというの？」

「そうだ」

徳造がきっぱりと告げた。

「それは、板根さんに奥さまがいらっしゃるから？」

「違う」

「では、なぜ？」

「ヤエちゃんは、その奥方がいなくなればいいと考えている」

驚いて八重子は目を見張った。

「人の死を願うのは、よくないことだ。俺は、ヤエちゃんにそんなふうになってほしくない。それだけ言いにきた」

徳造の切れ長の目が真っ直ぐにこちらを見ている。八重子は顔を背《そむ》けた。

「本当に板根さんのところに向かうのを、この目で見届けてから伝えたいと思ったんだ」

生真面目で正義感の強い徳造らしかった。幼馴染の自分が邪悪な考えを持たないようにと、それだけを考えてきてくれたのだ。だったら、せめて自分も、徳造のためを思って伝えよう。

「トクちゃんは、いいお菓子をつくって」

しかし徳造のほうは、水兵帽に白い水兵服を身に着けた海兵団の新兵たちが坂を下ってゆくのを憧れるように眺めていた。

「その時に言ったの、〝俺、もうお菓子屋になるのはやめた。海軍に入って水兵になるよ〟って」

八重子が再び窓の外を見やる。明るかった陽射しは、だいぶ傾きかけていた。

「トクちゃんは日頃から、お菓子の職人が自分に向いていないともらしていた。〝不器用な俺に、親父《おやじ》みたいな菓子がつくれっこない〟と」

美代子は「若い頃のお父さんは、修業に身が入っていなかったみたい」と言っていた。義男は「徳造は、菓子職人になりたくなかったんだ」と。おじいちゃんは、自分が不器用だから菓子職人に向いていないと考えたのだ。

「祖父は〝菓子職人として一本立ちできたのは、マムロ羊羹のおかげなんだ〟と言っていたそうです。なにかご存じないですか？」

「かわもとには、そういう羊羹は置いてなかったわね」八重子は首をかしげていた。「トクちゃんは、上生菓子をつくるのは苦手だったかもしれない。でもね、餡子を炊くのはうまいもんだってトクちゃんのお父さん、徳一《とくいち》さんは言ってたのよ」

徳一は徳造の父で、かわもとの創業者である。徳造の部屋の仏壇の上に、額に入った白衣姿の写真が掲げられている。五十歳くらいの頃の写真だろうが、真一文字に閉じられた口がむっつりとした印象を漂わせている。

「ひいおじいちゃんが、ですか⁉」

八重子が頷いた。

「だからわたしは、トクちゃんにそれを伝えた。〝トクちゃんは一途なのがいいところ。ひたむきに打ち込んだら、きっと立派な職人さんになる〟と。トクちゃんは聞く耳を持たなかったけど」

徳造は、自分がお菓子屋に不向きだと思い、海軍に入ることで活路を見いだそうとしていたのだ。

「トクちゃんに会ったのは、それが最後。そうして半月も経たずに、板根の奥さまが亡くなった。半年して、わたしは彼と結婚した。板根は、中途半端なわたしの立場を気の毒に思ってくれたみたい。しかし、奥さまが生きているうちから、板根の家に出入りしていたことを知った両親からは、結婚が許されず勘当された」

結婚後、間もなく板根は徴兵されたという。八重子は、横須賀の家で彼の帰りを待った。太平洋戦争末期、軍の施設は空襲を受けたが、横須賀の市街地は絨毯爆撃《じゅうたんばくげき》で焼き払われず、家も無事だった。

「板根は帰還し、勤務先だった銀行にも戻ることができた。わたしたちの間に子はない。でも、ふたりで暮らせて幸せだった」

空にぱっと朱が射《さ》した。八重子の頰を晩夏の落日が照らし、つかの間、その横顔を若返らせる。

「三年前に板根が亡くなったあと、わたしは極度の睡眠不足になったの。一方で、洗濯をしたあとで干すのが面倒になってごろんと横になってしまったり。必要もない買い物をして、支払いの時におカネの勘定が分からなくなったり。鬱病かもしれないと病院に行ったら、アルツハイマー型認知症だと診断された」

ワコは衝撃を受けたが、黙ったままそっと彼女の表情を見やった。

「病は少しずつ進行している。なにも分からなくなる前に、この施設に入居したのよ。海風院は、自活できなくなった高齢者を受け入れる施設なの。もともとは関東大震災で生活が困窮した高齢者を支援するため、さる爵家《しゃくけ》の下賜金《かしきん》を財源に設立されたそう。戦中は軍に建物が接収され資金を凍結されたり、戦後に社会福祉法人として改組してからも事業不振に陥ったりしたけれど、レッドサークルの会長が私財を投じて再編成したのよ」

「レッドサークルって、コンビニチェーンの?」

八重子が頷く。

「入居する条件は、俗世のものをすべて捨て去ること。写真一枚持って入ることも許されない。あの人の面影は、わたしの記憶の中に。……それもやがて消える」

彼女が小さく息をついた。

「わたしは家を処分し、預金も一切合切をここに寄付して入居した。けれど、特別扱いはなし。もちろん、それでいい。今はただ、なにも分からなくなって、周囲に暴力を振るうようになりたくない。それだけ。それがわたしの願い」

暗くなった窓の外から部屋の中に目を戻す。

「でも、今日はたくさんお話ししてしまったわ。あれやこれや言いながらも、やはり自分のことを知ってほしい、覚えていてほしいという欲求があるんでしょうね」

ワコはどう応えたらいいのか、分からないでいた。すると、八重子の表情が変わる。

「わたしは、どうしても板根を手に入れたくなった。それで、あんな恐ろしい考えを持ってしまった」

彼女が、がくりと肩を落とした。

「あの時、トクちゃんがわたしに向けて言い放ったことは本当だった。わたしは、あの人の奥さまが死んだらいいと思っていたの」

意志の強そうな瞳に涙が浮かんだ。そして彼女がまぶたをぎゅっと閉じると、滂沱《ぼうだ》の涙があふれ出た。

「わたしは人さまの死を願っていた……彼が愛する人の死を……」

2

奥山堂の作業台に向かい、ワコは包餡に挑んでいた。饅頭生地を左右の手のひらで挟んで転がし、丸く整える。右手の親指の下のぽっこりとした土手の部分で、左手にある丸い生地を平らにする。平らになった円形の生地の真ん中に餡玉を載せ、左手の中で時計回りに回しながら生地で餡を包んでいき、最後に右手の指先でつまんで閉じる。

「ワコ、遅いぞ！」

向こうにいる鶴ヶ島から怒鳴られた。

慌てて、「はい！」と返事し、隣で包餡している先輩、浅野《あさの》の手の動きを参考にしようと目をやる。すると浅野が、太った身体《からだ》に抱え込むようにして隠してしまった。

「ちょっと寄越せ」

ワコの肩越しに、曽我のぎょろっとした目が覗き見ていた。ワコは、自分が包んだ饅頭を曽我に渡す。すると、ステンレス製のヘラで、饅頭を半分に切った。

「これじゃダメだ」

どうしてだろう？　ワコの饅頭の餡子は、真ん中に包まれている。そうなるように気をつけて包餡したのだ。少し時間はかかってしまったのだけれど。

「おまえのを見せてみろ」

曽我が言って、ワコの隣にいる浅野から受け取った饅頭を半分に切る。

「どうだ、ワコ？」

「あ！」

浅野が包餡した饅頭は、餡子の上側の生地が厚く、底のほうを薄くして包まれていた。

そこで曽我が浅野に向けて、「おまえも、自分の包餡してるところを隠すなんてケチ臭いことをするな。後輩にはきちんと教えてやれ」と指示する。浅野は大柄な身体を小さくしていた。

「いいか」と曽我が今度は、作業場にいる全員に向けて告げる。「饅頭、羊羹、餅、最中《もなか》――この国には伝統の技術と製法による和菓子が伝えられている。和菓子の主な材料は小豆やいんげん豆などの豆類、小麦粉、上新粉、白玉粉などの粉類、そして砂糖だ。これらの食材を使い、蒸す、焼く、練るなどの技法を使い分ける、それだけだ」

みんな作業する手を止め、曽我の声に一心に耳を傾けている。

「職人の世界には、本物の職人と、中途半端なえせ職人がいる。俺は、えせ職人てやつが大嫌いだ。この手の連中は、古いしきたりを守ることしか考えちゃあいない。経験や勘に頼り、そのくせ自分の技術を定量的、論理的に説明できない」

曽我が、浅野に向かって問う。

「おまえは包餡した饅頭の底を薄くしていた。どうしてだか説明してみろ」

「えっと、みんな饅頭をつくる時にはそうしてるし、先輩がそうやってるのを見て、昔からのやり方なのかと……」

彼がおずおずと返した。

「蒸し菓子や焼き菓子は、底の部分がもっとも火が通りにくいから生地を薄くするんだ」

曽我がそう説明する。

「おまえも若いんだから、〝昔からのやり方〟なんて口にせず、自分のしている作業の意味を、言葉で説明できるようになれ」

浅野がますます身を小さくした。

「この作業場では、曖昧さを排除するようにしよう。〝なぜ、そうするのか〟を、先輩職人は具体的、論理的に後輩に教えろ。意味が分からず行っていることは、ツルか俺に訊け。そうすることで、奥山堂のお菓子の規格を標準化するんだ」

そこで曽我が鶴ヶ島に視線を向ける。

「ツル、ここでは〝技術は見て盗め〟なんて時代遅れの慣習はないよな?」

鶴ヶ島が両手を強く握り締め、うつむき加減になった。その顔が紅潮している。

「職人には、本物の職人と、えせ職人がいる、と俺は言った。では、本物の職人とはなにか──それは、その人でなければつくることができない、唯一無二の技術を持つ職人のことだ。みんな、本物の職人を目指して常に耳目を働かせろ。全身でお菓子づくりを学べ」

「はい!」

包餡を再開したワコに、「おい」と浅野が声をかけてきた。おまえのせいで恥をかかされた、と文句をつけられるのかと思った。だが違った。

「饅頭の包餡の八割ができたあたりで、今度は反時計回りにするといい」

ぷっくりとした手で実演してみせてくれる。

「どうしてですか?」

小さな目で睨み返された。

「それはな、ずっと時計回りにしてると生地が一方に絞られるからだ。途中で反対に回すことで生地を整えるんだよ」

「なるほど」

浅野の目がにっこり笑った。

「実は、そういうことなんだなと、さっきの工場長の話で気がついた。今までなにげなくやってたんだけど、さ」

「ありがとうございます！」

ワコは急いで頭を下げる。顔を上げたら、向かいで餡玉切りをしている小原と目が合った。彼がぷいっと顔を背ける。

ワコは心の中で呟《つぶや》く。さあ、お菓子づくりにだけ五感を研ぎ澄ませるんだ。

第三章　羊羹

1

左手の中で饅頭の生地を回して、餡子を包んでいた。最後に右手の指先で閉じる。

「早くなったな、ワコ」

浅野が、感心したように声をかけてくれた。家に帰ってからも、包餡の練習のため左手の中でピンポン玉を時計回りに回している。

「浅野さんが教えてくださったように、包餡の八割が済んだタイミングで反時計回りに生地を回すと、バランスがよくなります」

彼が満足げに頷いた。向かいにいる小原が、素早い視線をワコにぶつけてくる。まるでおべっか使ってんなよ、と言っているようでもあった。小原も餡玉切りから包餡を行うようになっている。

ある朝、作業場に出ると、「今日のおまえの担当分は、饅頭三百個のほかにじょうよ饅頭三百個だってさ」と小原から伝えられた。

「分かった。ありがとう」

ワコが普段つくっているのは、引き出物の紅白饅頭で馴染み深い薬《やく》饅頭だ。生地に膨張剤という薬を入れることに由来する名前である。奥山堂の店頭では、単に饅頭という名称で売られていた。

じょうよ饅頭は、山の芋でふくらませる。薯蕷《じょうよ》は山の芋の別名である。じょうよ饅頭は、饅頭の中でも高級品だ。奥山堂では、饅頭が一個百五十円なのに対し、じょうよ饅頭は倍の三百円する。たまにワコもつくることがあるが、三百個もの数をつくるのは初めてだ。張り切って生地づくりを始める。近頃は、生地からつくることも任せられていた。

山の芋の皮をむき、目の細かいおろし金で円を描くように軽くすり下ろす。膨張剤を入れるだけの薬饅頭とは、手間のかけ方が違う。薬饅頭をつくる際、奥山堂では膨張剤に重曹《じゅうそう》を用いる。専門学校ではイーストパウダーを使って習った。あの頃、イーストパウダーをイスパタと略して呼んでいたのが懐かしい。ふと、哲也のことを思い出す。彼からの連絡は完全になくなった。こうなることは、なんとなく予想がついていたのだけれど……。いけない、集中しないと。上白糖を混ぜた山の芋に、空気を抱かせるようにこねる。

包餡したじょうよ饅頭のバットを、ワコは蒸し場に持っていった。

「じょうよ饅頭三百個です」

そう伝えながら蒸し器の横のラックに置いた。

「ええ！」

蒸し方《かた》の浜畑《はまはた》が、下のまつ毛が長い目を大きくあけていた。そして、「百五十個だろ?」と訊き返してくる。

「いえ、三百個って……」

ワコは小原のほうを振り返った。すると彼はにたりと笑みを浮かべたかと思うと、そっぽを向く。やられた！

「単価の高いじょうよ饅頭がそんなに出るわけないだろ。饅頭三百個、じょうよ饅頭が百五十、黒糖《こくとう》饅頭百五十がおまえの担当分だ。ぼうっとしてたんじゃないのか?」

浜畑にそう言われ、「あ、黒糖饅頭が手つかずでした。すぐやります！」ワコは作業台に引き返そうとする。

「ちょっと待て。おまえ、饅頭ばかりそんなにつくって、どうするつもりだ」

困り顔の浜畑がすぐさま、「ツルさん！」と相談に飛んでいく。ワコは途方に暮れていた。

浜畑と一緒に戻ってきた鶴ヶ島の細い目は、すでに吊り上がっていた。

「バカ野郎！」

と大声で怒鳴りつけられ、悔しさと虚《むな》しさを感じる。

「おい浅野、おまえも来い！」

鶴ヶ島が、作業台にいる浅野を呼びつけた。小原はこちらを見ようともしない。

「おまえは、こいつが勝手なことしねえように、よく監視してろ！」

「は、はい」

浅野は太った身体を小さく縮こめていた。彼にしてみれば、とんだとばっちりだ。

ワコは慌てて謝る。

「すみませんでした」

すると、鶴ヶ島の白目だけになった細い目がワコを捉えた。

「てめえ、仕事を舐《な》めてんだろ。だから、女の菓子職人なんてあり得ねえって言ってんだ。どうせ、嫁に行くまでの腰掛けのつもりなんだからよ」

これまでも女だということで差別され続けてきた。出勤するのが嫌だと感じる朝もあった。しかし、今の言葉だけは許せない。思わず、ぐっと睨み返す。

「なにか言いたいことがあるのか？」

しかし失敗したのは自分だ。すぐに目を伏せてしまう。

「おい、ハマ」

鶴ヶ島が隣にいる浜畑に呼びかけた。だが、その視線はワコを捉えたままである。

「このじょうよ饅頭を蒸せ」

浜畑が驚き、弾《はじ》かれたように鶴ヶ島の横顔を見た。

「え、三百個全部ですか？」

「そうだ」

鶴ヶ島は相変わらずワコに顔を向けている。

「蒸し上がったら、俺を呼べ」

ワコは包餡の作業台に戻ると、今度は浅野に謝った。

「いったいどうしたんだ、あんなに数を間違えるなんて？」

浅野に数を確認しなかった自分も悪い。もう一度、「すみません」と頭を下げた。

小原は黙って餡玉切りをしている。

浅野はそれ以上なにも言わず、「一緒に黒糖饅頭を百五十つくろう」とだけ言った。

「はい」

ワコは応えて、手を動かし始めた。

しばらくして、「ワコ！」と蒸し場にいる鶴ヶ島から声が掛かる。急いで向かった。

「おまえ、雷門の前に立って、じょうよ饅頭を百五十個売ってこい。店売りと同じく一個三百円で売るんだ。消費税分は勘弁してやろう」鶴ヶ島が続ける。「ただし、奥山堂の名前はいっさい出すな。その作務衣も脱いで、私服で売ってこい」

「あたしがですか？」

ワコは再び小原を見やる。彼は手を止めて、じっと下を向いていた。

鶴ヶ島が言い放つ。

「いいか、全部売り切るまで帰ってくるな」

浅野に手伝ってもらい、じょうよ饅頭を並べた大きなボックスを太ひもで首から下げて、店の裏口から出る。う、重い。でも、自分の責任なんだ……。スタジャンにジーンズ姿のワコは、しょんぼりと雷門に向かう。ふと、先ほどの鶴ヶ島のひと言が思い起こされた。ワコは心を奮い立たせる。負けてたまるか！　全部売り切ってやる！

年の瀬で、たくさんの参拝客、観光客が雷門通りを行き交い、仲見世へと吸い込まれていった。それとすれ違うように、お参りを終えた人たちが雷門から出てくる。これだけの人が通るんだ、売れるかもしれない！　淡い希望も芽生えた。

雷門の傍らで、駅弁を売るようにボックスを下げているのだが、しかし誰も振り向きさえしてくれない。じっと立っていると足もとから冷気が伝わってきた。ボックスには紙にマジックで〔おいしい！　じょうよ饅頭　1個300円（消費税サービス）〕と書いた紙をテープでとめている。浅野のアイディアである。

ワコは試みに、「お饅頭です」と言ってみる。しかし、それは蚊の鳴くような声だった。今度は意を決して、「お饅頭でぇぇす!!」と声を張り上げた。しかし緊張のため、威嚇《いかく》するようになってしまう。近くを通った若い男性が、ぎょっとしてこちらに顔を向けた。ワコと目が合うと、逃げるように立ち去る。

ワコは恥ずかしさで顔を紅潮させつつも、「おいしいお饅頭ですよー」と声を出し続けた。「じょうよ饅頭ってなんだ？」とか、「ひとつ三百円なんて、ずいぶん高いわね」といった声が時折耳に入るだけで、ひとつも売れない。

それでも一時間以上経った頃だろうか、「じょうよ饅頭って、山の芋のお饅頭だよね？」と、年配の眼鏡をかけた女性が声をかけてきた。

「はい、そうです」

ワコは夢中で応える。

彼女はボックスを覗き込むと、「あら、おいしそ」と笑みを浮かべた。

初めての好感触に、「おひとついかがでしょう?」とすかさず売り込む。

「じゃ、ひとつもらおうかしらね」

「ありがとうございます!」

抑えきれずに明るい声が出てしまう。

代金を受け取ると、ワコはトングで女性の手にじょうよ饅頭をひとつ載せた。

「あら、おいしい!」

ひと口食べた女性の感想に、「ほんとですか?」思わず訊き返していた。

「やだよ、あんた。自分でつくったお饅頭を褒められて、〝ほんとですか?〟ってことはないだろ」

「あ、いえ、そうじゃなくて……」

自分のお菓子をおカネを払って買ってくれるところを目にするのも、おいしいという声を耳にするのも初めての経験だった。それは、まさに天にも昇るような心地である。ワコはしばらく、じょうよ饅頭をぱくつく女性の姿を一心に見つめていた。この饅頭は自分が蒸したわけではない。餡子も自分で炊いたわけではなかった。生地をつくり、包餡しただけだ。なのに、こんなにも嬉しくて仕方がない。だったら、すべて自分でつくったお菓子を食べてもらうって、いったいどんな気分なんだろう？

「お饅頭食べたい！」

五歳くらいの男の子の声がした。眼鏡の女性が饅頭を食べる姿を見て、羨ましくなったのだろう。

「おいしいよ」

と眼鏡の女性が男の子に向かって言う。

すると、母親らしい若い女性が、「ヒロトは、餡子なんて好きじゃないでしょ」とたしなめる。けれど、ヒロトというその男の子は、「食べたーい」ときかなかった。

「仕方ないなあ」

母親がひとつ買ってくれる。

「ありがとうございます！」

母親から饅頭を受け取った男の子が、「おいしい！」と声を上げる。口の横に餡子を付けた男の子を見て、ワコは胸がいっぱいになった。

「私もひとつもらおうか」

年配のステッキをついた紳士から声がかかる。

「こっちにもひとつ頂だい」

「俺もひとつ」

たちまち周りに人垣ができた。

「ありがとうございます」「ありがとうございます」ワコは急にいそがしくなって慌てる。けれど、それは幸福ないそがしさだった。

「ちょっとあなた、ここで商売する許可を取ってますか？」

突然そう質問される。ワコが見やると制服を着た若い警察官だった。すぐ近くの交番からやってきたのだろう。

「あのう……あたし……」

ワコには応えるすべがない。

女性客のひとりが、「なによ、あんた！　お饅頭くらい売ったたっていいじゃないのよ！」と警官に噛みついた。

「そうよ、おいしいお饅頭を頂こうって時に、無粋なこと言わないの」

「いや、しかし、許可がないと」

思わぬ反発に遭って、警官はしどろもどろだ。だが、すぐにワコのほうに向き直った。

「とにかくあなた、一緒に来て」

そのまま交番に連行されてしまったワコは、なにを訊かれてもだんまりを決め込んだ。店に迷惑をかけるわけにはいかない。大きなボックスを膝の上に置いてパイプ椅子に座り、無言のままでいる。多くの人波が、外を往《ゆ》き過ぎた。

先ほどの警官と、彼の上役らしい年配の警官が並んで立ち、こちらを見下ろしている。年配の警官が、「黙ったままで、いつまでこうしているつもりなんだね？」と、何度目かの同じ言葉を投げかけてくる。その時だった。

「あれ、ワコ、どうした？」

作務衣姿の浅野が交番の中を覗き込んでいた。

「どうしてるかと思って、様子を見にきたら、おまえ、交番て……」

するると上役の警官が、「あなたですか、この女性にあんなところで饅頭を売らせたのは？」

と、浅野に詰問する。

「いえ、そういうことじゃないんですけど……あの……」

すると浅野がなにか思いついたような顔になり、「新人が度胸をつけるための研修なんです」と、出任せの言い訳をした。

「この並びにある奥山堂の者です。本当に申し訳ありません」

老舗の名店の者であることは、浅野の作務衣の胸に入ったネームで証明され、ふたりは目こぼししてもらった。「あそこで商売するには、道路使用許可の申請手続きが必要なんだからね」と再び念を押されてから。

「なあワコ、じょうよ饅頭が三百って、ほんとは小原から嘘を伝えられたんだろ？」

店に向かって歩きながら浅野が言う。首からボックスを下げたワコは、はっとして大柄な浅野を見上げた。

「みんな薄々気づいてるよ。小原を締め上げて吐かせ、クビにすれば簡単だ。けどな、小原の親父、小原菓寮の社長とうちの高垣《たかがき》社長はゴルフ仲間でな。自分のせがれを仕込んでくれって頼まれてんだ。いわば預りもんなんだよ、あいつは。だからそうもいかないんだ」

浅野は小さく息をついてから、「小原のやつ、自分で変わろうとしないと、一生ダメなまんまだろうな」とため息のように呟く。

ふたりでしばらく無言のまま歩いた。浅野がふと、ボックスに並んだ饅頭を見やって、「きれいにできたな」と優しく言ってくれる。

「じょうよ饅頭ってな、基本を問われるお菓子だ。簡素だけど、いや、簡素だからこそつくった者の技量が問われる。山の芋の処理の仕方、粉との混ざり具合、そうした総合的な技術の集積から成る饅頭だ」

彼が笑った。

「――って、工場長からそう言われたよ、新入りの頃にな。俺が初めて生地からつくったじょうよ饅頭をハマさんところに持っていったら、蒸してくれなかったんだぜ」

目の下のまつ毛が長い浜畑の顔を、ワコは思い浮かべた。

「ハマさんは、俺よかひとつ上なだけだが、腕が認められて早くから蒸し方、焼き方を任せられてる。だから、プライドが高い」

浅野さんは、あたしを励まそうとしてくれてるんだ。

「生地の具合を見、粉の加え方を塩梅《あんばい》し、空気を抱かせて、抱かせて混ぜる。すると、蒸した時、饅頭はふっくらと膨らむ。皮が破れる寸前までな。ワコのつくったのは、そんなじょうよ饅頭だ。もちろん、ツルさんにも分かったはずだ。だからハマさんに蒸せって命じたし、外で売ってこいって無茶なことも言ったんだろう。商品に成り得るものだって認めたから。それに、もしかしたら……」

と浅野が少し考えてから口を開く。

「……もしかしたら、ツルさんは、ワコに対して理不尽な仕打ちをすることで、小原の目を覚まさせようとしたのかも」

あのツルさんが……。

「ひとつもらおう」

浅野がボックスから饅頭を摘まみ上げる。

「おっと、カネはあとでちゃんと払うからな」

彼はひと口食べるごとに、「うまい、うまい」と言ってくれた。

店の作業場では、曽我が待っていた。どうやら、交番から確認の電話があったらしい。

「おまえたちはいったいなにをやっているんだ⁉」

鬼の形相で怒鳴る。

「おい、ツル！　おまえ、どういうつもりで、こんなことをさせた⁉」

鶴ヶ島が無言で目を背けている。

「おまえは奥山堂のお菓子をなんだと思っているんだ⁉」

その言葉に反発するように、鶴ヶ島が勢いよく曽我を見る。しかし、やはり黙ったままでいた。

今度は曽我がワコに顔を向けた。こんなに恐ろしい表情の曽我を見たことがなかった。いまだにボックスを駅弁売りのように首から下げたままのワコは、ぽかんとするばかりだ。

「すぐにその饅頭を捨ててこい！」

ワコはなにを言われたのか理解できないでいた。

「外気に当てて乾燥し、路上の埃《ほこり》を被ったお菓子を売りつけるなんて、おまえは奥山堂の信用を傷つけかねないことをしたんだぞ！　そんなものさっさと捨ててしまえ！」

曽我の言うことはもっともだ。しかし……。

「嫌です」

とワコは言い返した。

「なんだと？」

さらに怒気を帯びた曽我の声は低くなった。

「お菓子を捨てるなんて嫌です！」

さらにワコは言う。

「〝おいしい〟って……お客さまから……、〝おいしい〟って言っていただいたお饅頭なんです」

ワコの頰を涙が伝う。悔しかった。

曽我が背後を振り返って、「小原、おまえが捨ててこい！」と命令した。小原が、びくりと身体を震わせてから、「はい」と聞こえるか聞こえないかの声で返事し、ワコのほうにやってくる。

小原がボックスを奪おうとすると、「イヤ！」ワコは身体を反転させた。小原と揉《も》み合《あ》う形になり、床にじょうよ饅頭がこぼれ落ちた。

「嫌です……捨てるなんて嫌です……」

ワコは泣いていた。小原がおろおろしながら饅頭を拾い集めている。ワコは、作業場で泣いている自分が情けなくて仕方がない。捨てたくないなら、どうしたい？　また戻って売りたい？　自分で食べたい？　駄々をこねているのは分かっていた。それでも、突っ立ったまま泣きやむことができない。

ふいに鶴ヶ島が、誰に向けてでもなく語り始めた。とても静かな口調だった。

「生まれた家が貧しくてな、俺は中学を出ると働かなきゃならなかった。甘いもんが食べられるだろうって、それだけで金沢の菓子屋に住み込みで勤めたんだ。その店は流れ職人が入れ代わり立ち代わりやってきて、小僧の頃は泣かない日がないくらい厳しい扱いを受けた。なにしろ入れ代わりが激しいもんだから、誰に付けばいいのかも分からない。俺は泣きながらも、必ず一人前になってやるんだって決心した。そのためには、仕事はとにかく自分で覚えていくしかない。目で盗むのはもちろん、少ない給料をやり繰りしながら職人が酒を飲むのに付き合ったり、酔った職人を介抱することで親しくなって、つくり方や配合を教えてもらった。だから俺は、酒が飲めない頃から赤ちょうちんに出入りしてた。そうした店の焼き鳥やおでんが晩飯だった」

いつの間にか作業場のみんなが鶴ヶ島の話に耳を傾けているようだ。ワコも肩を震わせながら聞いていた。

「勤め始めて四年もすると、すっかり仕事に慣れ、俺は次なる店の門を叩《たた》いていた。そうやって北陸だけでなく関西、関東と渡り歩いた。菓子は地域によってずいぶんと違う。東と西では甘さだって異なる。京の菓子は雅《みやび》な味だ。俺の師匠は、そんな中で出会った職人たちだ。誰というのではない、名もなく腕のよい職人とその菓子に接することで自分の技術を磨いてきた」

鶴ヶ島が曽我に顔を向けた。

「工場長、あんたもそのひとりだ」

曽我はなにも言わなかった。

「工場長が俺に教えようとしているのは、職人たちの扱い方だ。組織をどうまとめるかってことだ。今話したとおり、俺は自分の腕を磨くことだけを考えて生きてきたからな。そういう意味では、いろいろ学ばせてもらったよ。おかげで――」と鶴ヶ島が、しゃがんだままの小原を見やる。「性根の曲がったやつを目覚めさせるため、ひと芝居打つことになったり。もっとも、やり方が荒っぽくて、ワコにはかわいそうな役を振っちまったが」

どういうこと？　それじゃ、今度のことは、浅野さんが言ってたとおりだったの？　――

「もしかしたら、ツルさんは、ワコに対して理不尽な仕打ちをすることで、小原の目を覚まさせようとしたのかも」

鶴ヶ島が珍しく優しげな表情をワコに向ける。

「悪かったな」

ワコは戸惑いながら、もはや涙が消えていた。

「ツル」と曽我が声をかける。「おまえがあえて憎まれ役になってくれたのを知りながら、怒鳴りつけてすまなかった」

鶴ヶ島が、曽我のほうを向いた。

「奥山堂の菓子をなにより大事にしているあんたは、ワコに菓子を捨てろと言うに違いない、と俺は考えた。修業を始めて九ヵ月ほどであんなじょうよ饅頭をつくっちまう娘が、あんたに菓子を捨てろと言われ、どんな反応をするのか？　実は興味があった」

今度は彼が、ワコに視線を寄越す。

「俺なら、売れ残った菓子、汚れた菓子は迷わず捨てる。ところがワコは、菓子を捨てるのが嫌だと泣いた」

ワコは泣いたことが恥ずかしくて、またうつむいてしまう。

「俺は今さっき〝悪かったな〟と、確かにおまえに謝った。一方でこうも思う。おまえの考え方は、あまりにも青く、ひとりよがりだ。それに作業場で、絶対に涙を見せるべきではない」

彼が相変わらずこちらを眺めていた。

「小僧の俺も、作業場では泣かなかったぞ。それが職人だ」

ワコははっとする。職人――ツルさんが、そう言ってくれた。

鶴ヶ島が、ゆっくりと足もとのほうを見やった。そこでは、まだ小原がしゃがみ込んでいる。

「おまえはどうなんだ小原？　おまえはこれから、菓子とどうやって付き合っていくつもりだ？」

小原が、くずおれるようにがくりと両手を床についた。

今度は、曽我が小原に向けて告げる。

「おまえの採用を決めたのは私だ。コネでおまえを預かったつもりはないぞ」


仕事を終え店の裏口を出ると、外に小原が立っていた。

「みんなの前で泣いちゃって、カッコ悪い」

ワコは照れ隠しに舌を覗かせると、彼の横を通り過ぎようとした。

「どうして饅頭の数で俺が嘘の伝令したことを、工場長に言いつけなかったんだ？」

小原が言う。

「そうやってクビになって、実家のお店に帰りたかった？」

ワコが言葉を返すと、彼が鼻で笑った。

「実家に帰ったって、俺の居場所なんてあるもんかよ」

小原がちょっと考えてから言葉を続けた。

「俺には兄貴がいた」

「いた？」

と訊くと、「交通事故で死んじまったんだ」と応える。

「出来のいい兄貴で、みんなが店を継ぐもんだと思ってた。ところが俺にお鉢が回ってくると、〝あいつなんかに……〟って陰口が聞こえてきてな」

「それですねてるんだ」

「うんざりなんだよ、兄貴と比べられるのが！」

怒鳴ったあとで彼が黙り込んだ。そうして再び口を開く。

「俺の嘘の伝令はワコが黙ってくれてても、みんなには分かってたんだな」

それには応えず、ワコは言った。

「小原君て、やっぱりお菓子が好きなんだよね」

意外そうに彼がこちらを見る。

「さっき、お饅頭が床に落ちたら、手で汚れを払いながら拾ってたでしょ。これから捨てにいくはずのお饅頭なのに」

小原は無意識に自身がしたことに、今になって驚いていた。

「そういやあ、そうだな」

小原が声を上げて笑い出す。

「なにやってんだ、俺……」

笑い続けている彼の目尻に涙が滲《にじ》んでいた。

お菓子は廃棄されてしまった。けれど、お客に食べてもらえるのがあんなに嬉しいなんて。

それがワコの中に強く残った。

2

「姉はなにか言っていた？」

と志乃に訊かれる。ワコは、再び開港楼を訪ねていた。八重子に会ったことを、報告にきたのだ。

八重子から、「志乃は、トクちゃんのことが好きだったの」と聞いた件は口にしなかった。代わりに、「板根さんとふたりで暮らせて幸せだったとおっしゃっていました」と応えるに留める。

志乃がふっと冷めた笑みを浮かべた。

「あの人は、自分の人生を自由に生きた。おかげで、あたくしはこの店に縛られた。婿養子を取り、女将《おかみ》として開港楼を守ることになったの」

奥から年配の男性が現れた。少なくなった白髪をオールバックに撫《な》でつけた、長身の男性だ。タートルネックのセーターの上にざっくりとしたツイードのジャケットを着ている。

「寄り合いでちょっと出かけてくるよ」

にこやかに志乃に向かってひと声掛け、店を出ていった。彼が志乃の言う〝婿養子〟なのだろうと推測する。

「なんの寄り合いなんだか……」

志乃が呆れたように呟く。そして、改めてワコに顔を向けた。

「この店に縛られたなどと言ったけど、開港楼の女将として生きたことに後悔はありません。あたくしにはそれが合っていた」

志乃に別れを告げ、中川に沿って歩く。年末の今、桜並樹はごつごつとした硬い鱗《うろこ》に体表を覆われた生き物が、目を閉じてじっと動きを止めているようである。

井手田食品の前まで来ると、いつものように陽だまりでパイプ椅子に座った義男が、薄く色のついた眼鏡レンズ越しにあたりを睥睨《へいげい》していた。

「こんにちは」

と挨拶すると、目を上げた義男が、「ああ、あんたか」と返す。

「井手田のおじいちゃんは、祖父の兵隊時代のことをなにか知ってますか？」

「さあな。徳造は海軍だろ。俺は陸軍だったからな。それに、軍隊時代のことを徳造は口にしたくないようだった」

自分はがっかりした表情を浮かべていたかもしれない。すると、義男がにやりと笑う。少しでも知っていることを教えてくれようとしているらしい。

「徳造の父親は〝なんで志願までして行かねばならんのか〟と渋ったらしい。店の仕事をやってほしかったんだろうな」

八重子の話では、曽祖父の徳一は徳造の餡子を炊く力は認めていたということだ。

「なぜ祖父は海軍を志願したんでしょう？」

とワコは訊いてみる。

「陸軍ではなく海軍だったか、ということか?」

「ええ」

「それは泳ぎが得意だったからに決まっとる。徳造と一緒に、よく川で泳いだものよ」

と通りを隔てた中川を顎で示した。

意外な話に、「ここで泳いだんですか?」と訊き返す。このあたりは掘割りのように川幅が狭い。

「俺らが子どもの時分はもっと自然な広い川だった。水もきれいでな。そこで、俺たちは古式泳法を習った。古式泳法、知っとるか?」

聞いたこともない。

「クロールや平泳ぎとは違う、武芸に端を発した日本古来の泳ぎ方だ。永田《ながた》という名人のじいさまがいてな。甲冑《かっちゅう》を着て立ち泳ぎをしたまま、扇《おうぎ》に毛筆で書をしたためる。そのじいさまから、徳造も俺も、近所のガキどもはみんな泳ぎを習った。腕を使わず、足だけで泳ぐんだ。両手を縛られて、泳がせられたりしたものよ。徳造は立ち泳ぎが得意で、師匠からも太鼓判を押されていた。放っておけば、一日中でも水に浮いていただろう」

「へえ」

自分は徳造についてほとんどなにも知らないのだ。彼を少しでも知ることで、どら焼きにたどり着けるかもしれない。

その時、店の奥から、「よお」と姿を現したのは陽平である。白い帽子に白衣、白いゴムのエプロンを付け、白い長靴を履いていた。

「あら、お店手伝ってるんだ。感心じゃない」

ワコは皮肉を込めたつもりだったが、「っていうかさ、大学やめたんだ、俺」と意外な言葉が返ってきた。

「え、どうして?」

陽平は諦めたように、「結局、大学出たって、こんにゃく屋になるわけだしな」ぼそっともらす。

「だから、大学生としての四年間は執行猶予みたいなもんだって、この間は言ってたよね」

「覚悟を決めることにした。俺なりのこんにゃく屋になろうってさ」

「陽平なりのこんにゃく屋?」

「ああ」

彼が、打って変わって力強い表情を見せる。

「〝こんにゃくには、うまいなんて求められてねえ〟って、俺、言ったよな?」

「うん」

とワコは返事する。

「こんにゃくを固めるために石灰を入れるんだ。うまいこんにゃくをつくるためには、どれだけ石灰を入れないかが職人の腕の見せどころってわけだ。ところが、石灰を減らせば、賞味期限が三日程度になる。そんなこんにゃくを、スーパーも小売店も求めちゃいねえ」

陽平は悔しそうだった。

「石灰を極力減らしたこんにゃくの製造販売を、大手コンビニチェーンのレッドサークルが確立したらしい。レッドサークルは、こんにゃくを冷温で製造し、冷蔵輸送し、各店のカウンターおでんで三日以内に消費する。どうだ、すごいシステムだろ？　それでも〝このこんにゃくうまいな〟とは言われない。うまいおでんでしかないんだ」

「ねえ、陽平、あんまりにも、こんにゃくに対して冷たくない？」

「違う。冷たいんじゃない、俺はこんにゃくに対して厳しいんだ」

と目を剥《む》く。

「今や日本人ひとりが一年間に食べるこんにゃくは〇・九枚。一枚を切ってるんだぞ！　そんな時代に、いかにこんにゃくを食わせるか⁉　否応《いやおう》なく厳しくなるってもんだろ！」

そういきり立つと、陽平は店の奥の作業場へと引き返していった。なんだか急に家業への職業意識に目覚めたみたい、と思いつつその背中を見送る。

義男は再び通りの向こうの中川を見つめていた。

「井手田のおじいちゃんは教えてくれましたね。〝菓子職人として一本立ちできたのは、マムロ羊羹のおかげなんだ〟そう祖父が言っていたと」

義男が頷いた。

「そして戦後、祖父はかわもとで真面目に働くようになったと」

再び義男が頷く。

「兵隊から戻った徳造は、見違えるように一生懸命に働くようになった」

「マムロ羊羹——さあ、聞かないわね」

美代子は首をかしげる。

「おじいちゃんが、マムロというお店で修業したとか？　って。でも、おじいちゃんはよそで修業していないんですものね」

「お父さんは、徳一おじいちゃんのもとで修業して、海軍に行って、戦争が終わるとまたかわもとに戻って働いた。それだけのはずよ」

なんなのだろう？　〝マムロ羊羹のおかげ〟っていうのは、感謝してるってことだよね、おじいちゃんは。

「あのね、この間——」

と、ワコは、横須賀の海風院に八重子を訪ねた話をする。

「そうだったんだ」

美代子はため息のように言う。

「お父さんはお菓子づくりに自信が持てなくて、自分から兵隊に行ったのね」

「それに、軍隊時代のことを口にしたくないようだった、って井手田のおじいちゃんが」

ワコの言葉に美代子も頷く。

「あたしも、お父さんから軍隊のことはなんにも聞かされていない」

「井手田のおじいちゃんは、こうも言ってた。〝兵隊から戻った徳造は、見違えるように一生懸命に働くようになった〟って……」

そこでワコは、はっとした。

「マムロ羊羹っていうのは、海軍と関係があるかも！」

「あ」美代子が、ふと思い出したように顔を上げた。

「どうしたの？」

「そういえば、ナントカっていうところから、お父さんに幾度かハガキが来てたの。ちょっと待ってて」

そう言って茶の間から出ていった。二階へと階段を上がっていく伯母の足音がする。なにしろ古い木造家屋だ。しばらくして戻ってきた。

「これ」

と差し出されたのは、旧帝国海軍の親睦会の案内状だった。主催者は〔財団法人交水会《こうすいかい》〕とある。

「お父さんは親睦会に出席したことはなかったの。けど、問い合わせてみたら分かるんじゃないかしら、マムロ羊羹のことが」

マムロ羊羹と海軍が関係があるかどうかは分からない。でも、なにかのヒントになれば……。

「ワコちゃんが、お父さんの若い頃を知ることで、どら焼きのことが分かるんだったら協力する」

3

一九九三（平成五）年四月。ワコが奥山堂に勤めて一年余りが過ぎた。

「ワコ、今から常盤《ときわ》百貨店の販売の応援に行ってくれないか？」

と浜畑が言ってくる。

作業台の隣にいる浅野が、「あ、確か、うまいもの展をやってるんでしたよね？」と、すかさず返した。花見の季節は、うまいもの展のシーズンでもある。

「そういうこった」

と浜畑の声も心なしか弾んでいた。日曜で奥山堂にも花見客が立ち寄って、お菓子を手に隅田公園や上野恩賜公園といった桜の名所へと出かけていく。

「常盤百貨店は銀座にある本店でいいですか、ハマさん？」

とワコが確認すると、「ああ」と浜畑が応じる。「最終日らしいんだが、すごい人出でてんてこ舞いらしいや」

「あの……」と、向かいにいる小原が遠慮がちに口を開く。「販売の応援でしたら、俺が行ってもいいですけど」

小原が自分からそんなことを言い出したので、浜畑も浅野も驚いていた。

「ほら、販売を手伝うだけだったら、俺でもいいかなって。花見のお客も多いし、饅頭や団子をつくるのに、ワコが店に残ったほうがいいんじゃないかって」

その発言内容に、みんながさらに驚く。

「あのな」と浜畑が小原に向かって言う。「販売の応援ていうのは、実演するってことだ。お客さまの前で、包餡するんだよ。おまえよか、ワコに行ってもらったほうがいいだろ」

すげない言葉にも、小原は不平がましい態度をとったりしなかった。

「そうっスね。だったら、俺よか腕が立つんだから、ワコが行ったほうがいいや」

浜畑が改めてワコのほうを見る。

「——ということだ。じゃ、ワコ、よろしく頼まア」

返事したあとで、ちらりと小原を見る。彼は黙々とまた包餡を始めていた。変わろうとしているのかもしれない、とワコは思った。小原もまた変わろうとしているんだ。それが嬉しかった。自分はどうだろう?


常盤百貨店の催事場フロアには、たくさんの食品業者が出店していた。ワコが奥山堂のブースで包餡を始めると、人だかりができた。「女の和菓子職人だ」と、珍しそうにささやく声も耳に届く。

「確かに、若い女性の職人は珍しいかもしれないね」

目を上げると、上等そうな紺のスーツに身を包んだ四十代後半のよく陽に焼けた男性が立っていた。胸ポケットに、白いチーフが測ったように水平に薄く覗いている。どこかで見たような顔だ。すると、背後にいるスタッフから、「社長！」と声が上がった。なんと、奥山堂の社長の高垣だった。

ワコが慌てて頭を下げると、「きみが樋口君か」と高垣が笑いかけてくる。普段は豊洲にある本社工場に常駐しているようで、浅草の本店には姿を現したことがない。

「曽我工場長から、将来が楽しみな新人がいて、それが女性だって聞いていたので興味があったんだ。ここで会えるなんてね」

ワコは緊張して固まっていた。

「まあ、女性の職場進出がますます声高になっている時代だ。和菓子職人だって、女性が活躍していいと私は思っている」

高垣は、「頑張って」とスタッフみんなに呼びかけると去っていった。

実演作業を続けているワコに、スタッフのひとりから、「休憩入って」と言われる。ワコは催事場をあちこち見て回ることにした。高級料亭の弁当や総菜、三ツ星レストランの目にも鮮やかなパッケージデリがあるかと思えば卵サンド専門のブースもある。行列ができるラーメン店の屋台もあった。そんな中、意外な姿が目に飛び込んでくる。

「陽平……？」

白いTシャツの胸に墨文字で〈鎌倉こんにゃく〉と書かれていた。彼の立つブースの天井から下がるプレートにも同じ文字が並んでいる。

「ワコか！」と驚いたあとで、「そうか、奥山堂も出店してるもんな」と思い出したように言葉を継いだ。

「どうしたのこれ？」

「いやさ、こんにゃくを売るにはどうしたらいいだろう？　って、ずっと考えてな。そうだ、ブランドイメージだって思ったんだ。横浜のこんにゃくじゃあ……っていうんで、鎌倉駅近くに家賃三万円のボロアパート借りて、会社を登記したんだ。鎌倉って、やっぱひとつのブランドだと思う」

「横浜だって、ひとつのブランドだと思うよ」

と地元擁護の発言をワコがしたら、「こんにゃくとはミスマッチなんだよ」と陽平。「その点、古都鎌倉は、こんにゃくの和のイメージにぴったりだ」

「でも、実際にこんにゃくをつくってるのは、横浜の井手田食品なんでしょ？」

陽平が、「しっ」と口の前に人差し指を立て、黙れのサインを送ってきた。ブースには鎌倉こんにゃくの墨文字のロゴのあるパッケージのこんにゃくや白滝が並んでいる。

「常盤百貨店に営業したら、売り場のバイヤーが、大学を中退して始めたっていう俺の熱意とブランドを支持してくれたんだ。それで、うまいもの展に出ることを勧めてくれた」

だが、残念ながら鎌倉こんにゃくのブースに客は集まっていない。陽平の健闘を祈りつつさらに催事場を見て回る。すると、次に目に映ったのは、父の勤める味和産業のブースだった。

味和産業の主力は製パンである。スーパーに卸す食パンや菓子パン、洋菓子を中心にコーナーが展開されている。武史が責任者だという新規事業の和菓子のコーナーもあった。ほかは賑わっているのに、潮が引いたようにそこだけ客の姿がない。そして、硬い笑顔を振りまきつつブースに立っているのは、誰あろうエプロン姿の父・武史なのだった。ワコは見てはいけないものを見たようで、声をかけられなかった。

気になったので翌日、父が持ったばかりの携帯に電話した。

「どうした?」

「昨日、お父さんの姿を見かけたんだ。なんか暇そうにしてた」

〝暇そう〟とは、冗談めかしたのだ。感じたままの印象を言えば〝つらそう〟だった。

「なんだ、あの催事場にいたのか? 声をかけてくれればよかったのに」

「あたしも、店の実演販売の応援に行ってたから」あれは声をかけにくい姿だったよ、お父さん。「ねえ、味和産業の和菓子、食べてみたいんだけど、どこにも売ってないね」

「ああ、そうなんだ。うちは、おまえの勤めてる奥山堂とはわけが違う。そのあたりの分をわきまえ、高級路線ではなくスーパーへの卸しを中心に据えてるんだ。ところが新規参入なんで、売り場の棚が確保できなくてな」

ワコは黙ってしまう。

「まあ、心配するな。大丈夫だから」

父は笑っていた。

第四章　給糧艦《きゅうりょうかん》

1

七月、奥山堂で修業を始めて一年四ヵ月が経ったワコは、餡子を炊くことを許された。餡子は、いわばその店の命である。

小原とともに餡場に立つ。昨日は、浅野が粒餡《つぶあん》を炊くのをふたりで見学した。

「俺はオブザーバーだ」と浅野が言う。「口を挟まないようにする。自分でなんとかしろ」

今日は、ワコがひとりで餡子を炊くことになった。まずは小豆を煮るところからだ。寸胴鍋で小豆六キロ《四升》を煮る。和菓子屋で使う小豆の粒は大きい。水の量は、小豆のひたひたより上くらいだ。コンロに火をつけ、しばらくすると早くも小豆の香りがほのかに漂い始める。寸胴鍋の内側は、年季が入って茶色く色が沁《し》みついていた。

煮えてくると、水を加え、九十度以上に温度が上がっていた湯を六十度くらいまで下げる。これをびっくり水という。「小豆は白い胚芽《はいが》部分からだけ水を吸うが、熱く煮られることでその芽《め》がふさがる。すると、小豆のひと粒ひと粒がしわしわになってしまう。それを防ぐためのびっくり水だ」昨日、そう浅野から教わった。

寸胴の湯が再度沸騰する。湯が濁ってきていた。ワコはコンロの火を止める。

「ムッ！」と気合の声を出し、熱い湯と小豆の入った重い寸胴を耐熱ミトンをはめた両手で持ち上げた。

今日、小原はそばで見ているだけだ。

「手出ししないからな。おまえ、ひとりでやりたいだろうから」

鍋を持ったままワコは頷いてそれに応える。浅野が笑みを浮かべながら自分たちを眺めていた。

ワコは煮た小豆を湯ごと、シンクに置いた深型のざるにざばっとあける。シンクから白い湯気が立ち上った。

小豆の皮には渋み成分が含まれる。それが、湯を赤茶色に濁らせるのだ。あくやえぐみを取り除くため、寸胴の湯を流し捨てる。これが渋切りである。

再びざるの小豆を鍋に戻し、水を張り、コンロに火をつける。ずっと餡場にいるので強い変化は感じないが、小豆のにおいは濃くなっているはずだ。蒸したり焼いたりといった仕事のある和菓子の作業場は、常に室温が高い。そして、温度を上げる一番の原因が、作業場の奥にあるこの餡場である。夏場はエアコンが効かないくらいだ。ワコは汗びっしょりだった。

一時間半煮た。ワコは再び寸胴鍋を持ち上げ、シンクに置いたざるに向けて茹でこぼす。これが二度目の渋切りである。奥山堂では小豆の渋切りを二度行うという丁寧な仕事をしている。一度しか渋切りをしない店、一度も渋切りをしない店もある。

ざるの中の小豆は、指で潰れるくらいまで柔らかくなっている。深型のざるは、寸胴鍋にすっぽりと収まる大きさだ。今度はそのざるごと寸胴鍋に沈めて煮る。これを本煮という。小豆が沸騰した湯の中で踊って割れないように、落し蓋をした。

ことこと四十分煮たところで、ワコは小豆をひと粒、串で刺してみる。まだ少し硬いようだ。

「小豆の収穫期は秋だ」と浅野が言う。「真夏の今は、新しい豆が入る直前。豆が一番硬い季節なんだ。もう十分ばかり煮てみろ」

「はい」

――「口を挟まないようにする。自分でなんとかしろ」と宣言した浅野だが、そうしていられないのが彼だ。優しい先輩なのだ。

助言に従ってさらに十分間煮ると、鍋の中の小豆にすっと串が通るようになった。

「ムッ！　ハイッ！」

ワコは寸胴を持ち上げるとシンクまで運ぶ。小豆はぱんぱんに膨れている。四升の小豆は、水分を含んで倍以上の重さになっていた。

蛇口をひねって水を寸胴に注ぎ込む。そして水がきれいになるまで、寸胴の中で小豆をさらす。主に小豆の温度を下げることが目的で、これを水さらしという。

水がきれいに澄むのを確認し、ワコは、「ハイッ！」と気合いの声を出して小豆の入ったざるを寸胴から引き上げる。そして水を切ると、小豆をサワリと呼ぶボウルに移した。

「ワコ、小原、煮えた小豆をひと粒味わってみろ」

煮上がった小豆をふたりは口に入れてみる。そして、互いに頷き合った。豆の甘みが広がる。この段階でおいしい。

煮えた小豆は、一度冷ます。すぐに餡練り機に移して、攪拌《かくはん》を始めると、べたべたに粘ってしまう。朝イチから小豆を煮始めて、もう十一時半である。

「少し早いが、昼飯にしよう」

と浅野が告げた。

初めて餡子を炊く緊張感でぜんぜんお腹《なか》が空かない。まだ、小豆を煮ただけだというのに。いけない、いけない、これからがいよいよ本番なのに。お昼は、たいてい自分でつくってきたおむすびを休憩室で食べる。

「ワコ、電話が入ってるみたいだぞ」

と浜畑から声をかけられた。作業場の真ん中にある柱に、ビジネスフォンが縦に取り付けられている。急いでそちらに行って、「すみません」浜畑から受話器を受け取った。

店の交換の声が外線につなぐと告げ、回線が切り替わる音がした。

「もしもし」

と呼びかけると、「そちら、樋口さんですか？」と、事務的な男性の声に訊かれた。

思わず大きな声で返事していた。
「あ、はい！」
「こちらは交水会です」
「はい」

美代子から交水会のことを聞き、マムロ羊羹と川本徳造について知る会員はいないか、照会を取ってもらっていた。半年が経過した今、該当者が現れて、ワコと面会してもいいとのことだった。そこで交水会から聞いた相手の番号に電話をかけ、直接やり取りした。そして、指定された七月最後の日曜日に、原宿の東郷神社近くにある交水会本部にやってきたのだった。東郷神社は、明治時代の日露戦争で連合艦隊司令長官として日本海海戦を勝利に導いた東郷平八郎元帥が祀《まつ》られているらしい。旧海軍関係者にとっては聖地といったところなのだろう。

交水会本部は日曜日で休みだが、別館の交水会倶楽部《クラブ》が開いているのでそこで会うことを相手に提案された。交水会倶楽部は、和洋折衷の庭園に囲まれた正面にベランダのあるバンガロー風の平屋建てだった。壁にツタが這《は》っている。

中に入ると、窓際の席で、傍らの籐椅子《とういす》にスーツを入れて持ち歩くふたつ折りのテーラーバッグを置いている男性がいた。それが目印だったので、ワコにもすぐに待ち合わせの相手が分かった。

近づいていくと、彼も気がついたらしい。ラウンジにいるのは年配の男性ばかりで、自分のような若い女の姿はひどく目立つ。

「安住《あずみ》です」

と立ち上がって彼が名乗った。長めの白髪を真ん中分けにして、絵描きか彫刻家といった雰囲気だった。七十代半ばといったところだろうか。

「今日はお時間を取っていただき、ありがとうございます」

ワコは緊張してお辞儀した。兵隊時代のことは、当事者にとってどんなナイーブな問題を含んでいるか分からないから。

「私は浜松に住んでいるのですが、今日は孫娘の結婚式で東京に出てきました。そのついでといってはなんですが、あなたにお会いすることにしたのです」

なるほどそういうことか。きっとテーラーバッグには礼服が入っているに違いない。安住は白いワイシャツにグレーのスラックス姿だった。

「結婚式は午後からです」

と安住が言って、向かいの籐椅子に掛けるよう促される。ウエイトレスがやってきて、ワコはアイスコーヒーを頼んだ。

「私は、あなたのおじいさんより五つ年長で、電信兵をしていました。川本とは――」

そこでワコを見て、「そう呼んで構いませんか?」と訊く。

「はい」

安住が頷き、「川本とは、間宮《まみや》で一緒でした」と言った。

それを聞いて、ワコははっとする。

「マミヤですか？　マムロではなく？」

注文したアイスコーヒーがきた。安住が自分のコーヒーに口を付けたので、ワコも気を落ち着けるためにストローの袋を開け、ひと口飲むことにする。

「これをご覧ください」

安住がテーラーバッグと一緒に置いた鞄《かばん》の中からクリアファイルを出して、テーブルに置いた。雑誌かなにかから切り抜いたらしい粒子の粗いモノクロ写真が挟まっていた。

「この艦艇が間宮です」

「あたし、この船知ってます！　宇宙戦艦に改造して、空を飛ぶアニメを子どもの頃に再放送で観《み》てましたから！」

すると、安住がくすりと笑った。

「樋口さんが言ってるのは、手前に写ってる大和《やまと》のことでしょう。間宮はこっちです」

安住が指さしたのは、船首を手前に砲身が大写しになっている軍艦ではなかった。その後方で、横向きに小さく写っている船のほうだった。船体の中央に真っ直ぐな煙突がひとつ。それを挟んで前と後ろにマストらしいものが二本立っている。船首が切り立ったように垂直の形をしていた。

「歴史雑誌に特務艦艇《とくむかんてい》の特集が載っていましてね。間宮が写っているこの写真を見つけ、懐かしくて切り抜いておいたんです」

そこで、安住が写真から顔を上げる。

「特務艦艇なんて言葉、聞いたことないですよね？」

「はい初めて聞きます」

彼が頷いて、説明を始めた。

「特務艦艇とは、直接の戦闘に参加することを目的につくられたものではありません。作戦の後方支援を行うための船です。損傷した艦艇の修理に当たる工作艦、燃料を運ぶ給炭艦や給油艦、水深を計り海図を作成する情報を集める測量艦など、その任務は多岐にわたります。そして間宮は、給糧艦でした」

「キュウリョウカン？」

これもまた聞いたことのない言葉だ。

「給糧艦とは、艦艇乗組員への糧食《りょうしょく》――食料を配給する船です。間宮は日本海軍最大の給糧艦なのです。全長は、ジャンボジェット二機分にほぼ相当します。その大型船体内にある倉と冷蔵庫に主食のほか野菜や肉類の保存ができました。一回当たり輸送する食料品の総量は、将兵一万八千人を三週間養えたとされています。単に食料を運搬するだけでなく、生《なま》パン、豆腐、うどん、漬物などを艦内でつくり出すこともしていました」

「まるで食品工場ですね、間宮は」

ワコの言葉に安住が、「まさに海に浮かぶ食品工場であり、スーパーマーケットです」と身を乗り出す。

「さらに艦内では、お菓子もつくっています」

「海軍の船で、お菓子をつくっていたということですか⁉」

思わずワコがそう声に出すと、安住がゆっくりと頷いた。

「兵の士気を高めるためには日々の食事だけでなく、ラムネや饅頭など甘いものも必要だと考えたんですね」

お菓子の船だ、とワコは思う。

「太平洋戦争が開戦すると、間宮の任務はトラック諸島に赴くことでした。トラック諸島は、大和や武蔵《むさし》といった連合艦隊の主要戦艦が集結する日本海軍の一大拠点。そこで暮らす将兵に食料を届けるわけです」

ところが、就役した大正時代には最新型であった間宮は、石炭を燃料とするピストン機関《レシプロ》の旧式船である。おまけに食料を満載するとなると十四ノット程度の速度しか出ない。日本から三千キロあまり離れたトラック諸島まで、時速二十五〜二十六キロ程度という原付き自転車並みのスピードで、およそ十日かけて向かうのである。

「船首と船尾の砲座に十四センチ砲と八センチ高角砲を各一門ずつ搭載しているとはいえ、丸腰に近いささやかな武装でした。敵は補給を断とうと、常に目を光らせています。もしも間宮が沈没でもすればなにより前線にいる将兵の士気にかかわりました」

「それはどういうことでしょう？」

「間宮の到着を、兵士らは心待ちにしていたのです。来たるべき決戦に備え、ぴりぴりした緊張感の中、激しい訓練に日夜明け暮れ、厳しい規律に縛られて息つく暇もない兵士たち。彼らにとって、甘いお菓子はつかの間であれ安らぎを与えてくれ、故郷を夢想させてくれるものだったからです。間宮は海軍軍人にとって、そう、今でいうところのアイドルに匹敵するものだった」

海軍のアイドル、とワコは胸の中で呟く。

「ですから、間宮の航行には、駆逐艦が厳重に護衛を行っていました」

「アイドルとマネージャーみたいですね」

とワコが言ったら、「マネージャーというかボディーガードというのか、そんなところでしょうね」と安住が笑った。

「ただ、間宮のあまりの船足の遅さに、その駆逐艦から〝貴艦は前進なりや？　後進なりや？　はたまた停止なりや？〟などと、揶揄《やゆ》するような無線を傍受することがありました」

とさらに笑う。ワコも笑った。

「到着すると、間宮目指して食料調達係が小船で押し寄せてきます。まさに先を争って。それにはわけがあるんです。なんでだと思いますか？」

と彼がもったいを付けたあとで、笑いながら言う。

「羊羹ですよ」

ワコは鳥肌が立つのを覚えた。

「数に限りのある間宮羊羹を求めて、係の兵隊らは梯子《はしご》を登って甲板上にやってきます。もしも入手できないと、艦に戻って冷たくされるというから誰もが必死です」

「間宮羊羹、ですか？」

「ええ。間宮でつくられた羊羹の通称です。艦隊全将兵の羨望の品で、老舗和菓子店の羊羹よりも人気があったんですよ」

乗員だった安住はどこか誇らしげだ。しかし、その表情が一転して曇る。

「開戦から半年、ミッドウェー海戦で大敗を喫して以降は戦況が変わります。間宮は過酷で危険な海域への輸送を繰り返すようになったのです。川本が間宮の乗員となったのは、その頃でした。彼は海兵団で教育を受け、戦艦日向《ひゅうが》に乗艦したあとで間宮に乗り込むことになったようです」

続いて彼が、意外なことを口にする。

「川本が初めて間宮に乗る時、案内したのが私なんです」

「安住さんが！」

「ええ。偶然、横須賀港で水兵姿の彼と出くわしましてね」

ワコにしてみれば驚きの連続である。

「川本は、海兵団の団長室に呼び出され、ショーフクさんから間宮に乗艦せよと命じられたようです」

「ショーフクさん？」

「海兵団長の木村昌福《きむらまさとみ》少将です。名物軍人ですよ。顔からはみ出さんばかりの、両端がはね上がった立派なカイゼルひげがトレードマークでね。名前を音読みして、通称ひげのショーフク。もちろん面と向かって、そう呼ぶ者はいません。ショーフクさんは海戦で深手を負ったらしく、その傷が癒えるまで海兵団長の任に就いていたようです。若い看護婦がやってきて、リハビリで団庭を歩いたりしていました。そういう姿は威厳が損なわれるという上官もいましたが、ショーフクさんはあけっ広げだった」

そこで、安住がにやりとする。

「これは私の想像なんですが。お菓子職人であり、水兵でもあった川本は、両者の仲介役のような役割を期待されて間宮に乗艦したのではないでしょうか。つまり職人と兵隊の両方の気持ちが分かるという意味ですね」

「間宮はどの艦でしょうか?」

一九四三（昭和十八）年一月末の昼下がり、内火艇《ないかてい》に乗り込もうとしていた安住は、川本と名乗る二等水兵から声をかけられた。二十四歳の自分よりも、川本は五歳ほど齢下である。

「おまえ、間宮になんの用か?」

「乗艦を命じられました」

「明日出港する間宮に急な乗艦命令とは、なにか訳があるようだな」

川本は、カラスとあだ名される袖に階級章のない真っ黒な水兵服姿で、いかにも新兵然としていた。帆布《はんぷ》製の黒い衣嚢《いのう》を携えている。衣嚢は海軍兵の簞笥《たんす》であり、所帯道具一式が入っていた。これひとつ持って、どこへでも赴任していく。

「俺は間宮の電信兵で、安住だ。これから帰艦するところだから、ついてこい」

上等兵曹である安住は、金ボタン留めの詰襟《つめえり》姿だ。羅紗《らしゃ》製の下士官軍帽を被っている。鎮守府に用向きで出掛け、間宮に引き返す途中なので風呂敷包みひとつを提げていた。

聞けば川本は、日向で訓練をしていたらしい。魚雷による損傷の修復を終えた日向だったが、さらなる大掛かりな改装が決定したそうだ。そのため、広島の呉鎮《クレチン》守府にある工廠《こうしょう》に向け出港が近づいていた。だが木村に呼び出された川本は、呉には向かわずに間宮乗艦を仰せつかったらしい。

「川本、おまえの実家の生業《なりわい》はなんだ?」

と、試しに訊いてみる。

質問の内容に戸惑いながらも、「菓子屋です」と応えた。

それを聞いて、ははあ、と納得する。どうやらショーフクさんと、うちの艦長との間で密約が交わされたらしい。同期のあのふたりは、ともに酔狂人《すいきょうじん》だ。

「それなら、トメさんのところに連れて行けばいいな」

安住はひとり納得して告げたが、彼は不思議そうな顔でいた。

動き出した内火艇が、冬の陽光に砲身を鈍く光らせた艦艇の間を進む。すると、水上機を満載した艦が見えてきた。

「あれが間宮だ」

安住が指さすと、川本のほうはその水上機母艦だと勘違いしたようだ。

「川本、おまえ、ショーフクさんから間宮がどんな船か聞いてきたか?」

「はい」と彼が背筋を伸ばした。「〝これから、戦《いくさ》はますます厳しくなる。そんな時、欠かせない船だ〟と海兵団長はおっしゃっていました」

「で、おまえはどんな船だと思った?」

「は、軍が秘密裏に建造している潜水艦なのかもしれない。あるいは、高速駆逐艦か特設水上機母艦かもしれない、と」

安住は声を上げて笑う。

水上機母艦の横を内火艇は通り過ぎていく。首をかしげている川本の目に、今やはっきりと鳶色《とびいろ》の船が映っているはずだ。

「安住上等兵曹、これが間宮ですか?」

「そうだ。まさにショーフクさんの言葉どおり、これからますます厳しくなる戦に欠かせない船だ」

川本の切れ長の目が、困ったように垂れ下がっていた。

間宮は、どう見ても古い貨物船といった感じだ。

「現在の乗員は二百七十二名。おまえが加わると二百七十三名だ」

内火艇が間宮の下で停止し、左舷側《ひだりげんそく》に設けられた舷梯《ラッタル》を登る。中央部の舷門《げんもん》から乗艦した。舷門に立っていた水兵服の番兵が、安住に向かって敬礼する。甲板上では、乗員がいそがしく行き交っていた。明日が出港なのだ。

「間宮は給糧艦だ。おまえの任務は間もなく分かる」

「祖父は間宮でどんな仕事をしたんですか？」

「菓子生産室で菓子をつくっていました」

そこでワコは、はっとして訊く。

「では、祖父は間宮羊羹もつくっていたと？」

「はい」

安住は平然と応えるが、ワコにしてみれば追い求めていた謎に一歩近づいた思いだった。義男は陸軍出身者だ。〝マムロ羊羹〟は記憶違いだったのではないだろうか？　徳造は「自分が菓子職人として一本立ちできたのは、間宮羊羹のおかげなんだ」――そう言っていたのだ。

六歳の自分が徳造のどら焼きを食べた時、海の景色が広がった。どら焼きの餡が、間宮羊羹の餡の〝おかげ〟でできたのなら、海の風景が感じられてもおかしくない。

なおもワコは訊いてみた。

「祖父は、まじめに仕事をしていたのでしょうか？」

徳造はお菓子職人の修業が嫌で海軍に入ったのだ。それなのに、海軍に入ってからもお菓子づくりをさせられていたことになる。

安住が面白そうに声を出して笑う。

「もちろん、まじめに働いていたはずですよ。特務艦とはいえ、最前線に赴く任務です。気を抜いていれば命にかかわります」

ワコは畳み掛けるように質問する。あのどら焼きの味に迫れるかもしれないという興奮が、自分をせかしていた。

「安住さんは、祖父と親しくされていたのですか?」

「特に親しく、ということはないですね。こう言ってはなんですが、階級が違います。私は上等兵曹、下士官でしたから。無線電信機がいじりたくて、十六で志願したんです。海軍通信学校で学びました」

そう言われてもワコには分からないが、きっと偉いんだろうなと感じた。

「それから、勤務する場所が違います。電信兵の私は、艦橋《かんきょう》にある無線電信室にいました」

と、写真の間宮の中央に立つ塔を指さす。彼が今度は、水面上に出ている船体を指で示した。

「露天甲板のすぐ下、中甲板には部屋ごとに分かれた調理場が多数ありました。そして――」

と、その指を間宮の前方に滑らせる。「左舷側の艦首に菓子生産室が、その隣に製餡所《せいあんじょ》があったのです」

「そこで祖父が働いていた、と?」

安住が頷く。

菓子生産室を目指して、安住は露天甲板を歩いていた。川本が戸惑ったような顔で、あとをついてくる。周りを乗員らが右往左往していた。

安住は、ふと立ち止まる。そして、艦橋を仰いで敬礼した。三層の艦橋の最上層に、頬ひげを生やした五十歳前後の男がすっくと立っている。背の高い、姿のよい男だ。腰に短剣を帯びている。彼が安住に向けて答礼した。

「艦長の加瀬大佐《かせだいさ》だ」

と安住は言い、川本も慌てて挙手の礼をする。艦橋で加瀬が頷いていた。

「さあ、おまえの仕事場に行くぞ」

安住は加瀬に背を向け、どんどん歩いていく。

「よろしいのですか、この程度の挨拶で？」

「艦長は、細かいことを気にされない方だ」

船首にある昇降口から甲板の中に入り、垂直ラッタルの手すりを伝って足から下りた。降り立った中甲板は中央に通路が走っている。ここでも、白い事業服に身を包んだ乗員が、まるで緊急事態のように往ったり来たりしていた。通路の両側にドアが並んでいる。安住は、左舷側の一番端にあるドアを開いた。

「トメさん、いるかい⁉」

室内に向けて大きく声をかける。傍らから中を覗き込んで、川本が驚いていた。蒸気で中が白く煙っている。船首に向かって細くなるボート型の広い部屋には、恐ろしく長い机が二脚つくり付けになっている。各机の両脇には白い事業服の男たち二十人ずつほどが並び、餡子を生地で包んでいた。饅頭を蒸す白い湯気が上がり、できた菓子を木箱に入れて運んでいる者もあった。初めて乗った船で、そんな活気に満ちた作業場の風景がいきなり目に飛び込んでくれば驚いて当然だ。

「なんだべ？」

白い湯気の向こうから東北訛《なま》りの言葉が聞こえた。その声に、川本がなぜか警戒の色を示す。安住はいぶかしんだ。

湯気の中から三十歳くらいの男が現れた。おでこが広く、顎が長い。

「お菓子屋のせがれだという水兵を連れてきた。トメさんは、なにか聞いてるかい？」

「ああ。うちで預《おらほで》かるように言わっちぇます」

「やはりな。艦長らしい人事だ」

安住はにやりとした。

心得たように彼もにんまりする。そして川本に向かって、「俺《おら》は稲留《いなとめ》だ。菓子生産現場を束ねでる」と自己紹介した。

川本が、わけが分からないといった表情のままに、「川本徳造二等水兵です」と名乗った。

「そだ兵隊みでえな名乗り方すんな。ほれ、早く着替えてこお」

呆気に取られている川本を、安住が引っ立てる。

「安住上等兵曹、この艦はいったい？」

「だから給糧艦だ。戦地に兵糧《ひょうろう》を届ける」

中央通路を歩きながらそう応えた。

「菓子をつくっているのですか？」

「菓子だけではないぞ」

と立ち止まり、今度は右舷側のドアをあける。川本が首を突っ込むように覗いていた。中では事業服の男らが、機械からなにかの液体を注ぎ入れては栓をしている。

「ここではラムネをつくっている」と安住は説明した。「ちなみに奥にある、あの銀色の箱のような機械はアイスクリームフリーザーだ」

「アイスクリーム！」

驚いている川本を置いてどんどん先を行くと、彼が追いかけてくる。

「間宮のことはおいおい分かる」

長い通路を歩く途中にも幾つかドアがあったが、そこを通り過ぎて居住区に入った。安住は、一室のドアをあけた。

「ここに衣嚢を置いて、着替えたらトメさんのところに戻れ。では、な」

「私はいったんは通信室に向かおうとしましたが、そうしませんでした。もう少し様子を見たくなったんです」

安住がワコに笑みを向ける。

「それはいったい？」

「川本は、兵隊にしてお菓子の職人です。ひげのショーフクさんが寄越してきた人材に、興味を惹《ひ》かれました。先ほどの話の中で、ショーフクさんと加瀬艦長を酔狂人と評しましたが、私自身にもそうした物好きなところがある」そこで、彼が真摯な表情になった。「もうひとつ、私も兵隊ではあるのですが、電信兵という技術屋です。機械いじりが好きだし、数字に強く、暗記も得意でした。自分に合っていると思って、電信兵になりました。しかし、戦時でなければ、自分の力をほかにどう活《い》かせただろうと考えるようになっていたんです。それは間宮に乗ったおかげでした」

「間宮が、安住さんに影響を与えたということですか？」

彼が頷いた。

「間宮においては、周りは皆プロの職人ばかりです。彼らは、自分の仕事を黙々と行っていました。トメさんの口癖は〝戦があろうとなかろうと、お菓子職人は小豆を煮るだけ。戦があろうとなかろうと鳥が渡るように〟でした」

――戦があろうとなかろうと、お菓子職人は小豆を煮るだけ。

「トメさんの言葉を聞いているうちに、こんな考えも浮かんできました。誰もが目の前の、この戦のことで頭がいっぱいだ。しかし、戦のあとどう働こう？　と。もちろん、海軍軍人としては不謹慎な考え方です。それでも、兵隊だけがお国のために働く道ではないはずとも思うようになったんです。そういう意味で、私は面白い船に乗ったものだと振り返っています」

ワコは頷いてから、疑問に感じたことを訊いてみる。

「最初に稲留という方の東北訛りの言葉を聞いた祖父が、なぜか警戒したようだと安住さんはおっしゃいました。それはなぜなんでしょう？」

「私も不思議には思ったのですが、そのあと川本は普通にトメさんと話していました」

綾木綿《あやもめん》の白い事業服に着替え、黒い錨《いかり》の前章が入った白い略帽を被った川本とともに菓子生産室に戻った。稲留からゴム長の烹炊靴《ほうすいぐつ》を渡されると、彼はそれに履き替えた。

「こっちゃ来《こ》お、徳造」

稲留から苗字《みょうじ》でなく名で呼ばれる。稲留は、安住がいないかのように振る舞っていた。ここは軍隊とは関係ない場所だ、とでもいうように。

稲留のあとについて川本が部屋を出、自分も出る。稲留が今度は隣のドアをあけた。この部屋も壁、天井ともに管が幾本も走っている。壁際には、飯が六斗《ろくと》は炊けるくらいの炊飯釜がふたつ、それと同じ大きさの釜がふたつ置かれていた。差し渡しが一メートル二十センチはあって、五右衛門《ごえもん》風呂《ぶろ》を思わせる。大人の男が余裕で中に入れた。

「製餡所だ」

稲留が川本に向かって言う。自分たち以外、室内には誰の姿もない。午後で餡子を炊く時間は終わっているのだろう。

「おまえ、餡子は炊《にしゃ》げんな？」

「はい」

「んじゃ、炊げ」

そう命じる相手に向かって川本が、「稲留さん」と声をかける。

「トメでいい」

「ではトメさん、何升炊けばよいのでしょう?」

「釜を見りゃあ分がっぺ、六斗だ。六十升ちゅうごどだな」

川本が、そんなに大量の餡子を炊いたことなどこれまでにない、という顔をしていた。

「その釜は、間宮の動力となる蒸気を利用してんだ」稲留がそう説明を加える。「圧力をかけた蒸気だから短時間で加熱し、大量《ばがいっぺえ》の煮炊きができるっちゅうわけだ」

川本は呆然《ぼうぜん》と突っ立っている。

「おらは口出ししねがら、にしゃの好きなようにやってみろ」

そう言い置くと、稲留は背後の壁際に引き下がってしまった。安住もその隣に立つ。

戸惑ったような表情でたたずんでいる川本に向けて稲留が、「なじょした?」と声をかける。「戦があってもなくても、お菓子職人は小豆を煮るだけだ。戦があってもなくても鳥が渡るようにな」

その言葉に、川本が意を決して小豆を煮始めた。確かに稲留は、それからはいっさい川本の仕事についてなにも言わなかった。遠巻きに見ているだけだ。

安住は、製餡所で長い時間を過ごすことになった。安住をいないものとしていた稲留も、時々ちらちらとこちらに目を向けてくる。明日が出港だというのに、風呂敷包みを提げたこの電信兵はこんなところで油を売っていていいのか？　と言いたげに。

二等兵曹なら、どの職種であっても下士官としていっぱしの玄人。それがもうふたつ上の上等兵曹ともなれば、下士官の一番上である。現場の仕事は誰よりも分かっているという自負があるし、士官であっても口うるさいことは安住に言ってこない。なにより、この船には自由さがあった。艦長が加瀬であるためだろう。

安住は稲留に話しかける。

「トメさんはなぜ軍属に？」

「そら、お菓子がつぐっちぇえがらに決まってっぺや」

活《い》き活《い》きとした表情ですぐさま応えが返ってきた。なんでそんな分かり切ったことを訊くんだ？　とでもいった感じだった。

「娑婆《しゃば》には、はあなんにもねえだよ。小豆も砂糖も粉も手に入んねえ。餡子を炊ぐ鍋や釜も供出した。んだけど海軍になら、軍艦にならある。んだがら、間宮の菓子職人の募集に応募したんだ。給金もいいしな」

そこで、稲留がこちらをしっかりと見つめた。

「なにより、お菓子の職人がお菓子をつぐんねぇで、生きてる価値があっかや？　死ねっちゅうのと同《おんな》じだべや」

なるほど、と安住も納得してしまう。

「この船には、全国から腕こきの菓子職人が集まってる。老舗で修業していだ者、親方に付いてやっていだ者、みんなてえした技を持ちながら、娑婆でお菓子がつぐれなくなって、ここさやってきたんだ」

そこで彼が、川本の後ろ姿を見やった。

「あの徳造も、間宮でいい勉強ができる」

小豆を煮るにおいを嗅ぎながら、安住は穏やかでゆったりした気分を味わっていた。この香りは、そう日常のにおいだ。川本もにおいを嗅ぐ中で仕事を思い出し、勘が戻ってきているようだった。

ついに粒餡が炊き上がり、川本が鍋の中を見下ろしていた。

「なじょな塩梅《あんべえ》だ?」

稲留が川本の隣に向かう。

安住もそちらに行って、鍋の中を覗き込んだ。粒餡が黒い輝きを放っていた。

稲留が川本の手からしゃもじを奪うと餡子をすくい、手の甲に少し載せて味見した。その目が、かっと開く。

「いいできだねえが」

川本のほうは信じられないといった顔をしている。

「にしゃ、筋がいいぞ」

「そうでしょうか?」

「親父さんに褒められねえどっか?」

「いいえ」

稲留がにやりとした。

「ま、親はめったなごどで褒めたりしねえべな。にしゃはにしゃで、親の言うごどが一番耳に入んねえ齢頃《としのころ》だ」

川本は疑わしげなままだ。

「あとな〝筋がいい〟と言ったのにはわけがある。餡子を炊ぐ時のヘラの使い方だ。下手なヘラの使い方をすっと、小豆を崩しちまう。にしゃ、極力ヘラ数を少なくして、しかもまんべんなく餡子全体に火が通るようにかき回《かんま》していた」

「そうしたことを意識して炊いたことはありません」

「なに語《かだ》ってんだ」と呆れながらも、さらに思ったところを指摘する。「もっと大事なのは火加減だ。強過ぎれば焦げる。弱火で炊ぐと、鍋の中では一緒でも、鍋から上げたあとに、餡から水っけがほどよく抜けねえで、べちゃべちゃした餡子になっちまう。そこで、餡子が焦げねえぎりぎりの火加減で炊ぐ必要がある。それには、確かな耳と鼻を持ってねえとな。火にかけらっちゃ餡子が、どんな声で鳴いでっかを聞き分ける耳、焦げめえとするにおいを嗅ぎつける鼻、あと、なにより肝心なのが度胸よ。気が弱《よ》えと、焦がしたくなくて、なじょしても火加減を弱くしちもうからな」

確かな耳と鼻。そして、度胸——どれひとつとして自分が持ち合わせているとは思えない……というのが川本の表情だ。

「あとな、たとえお菓子屋のせがれとはいえ、六斗もの餡子を一度に炊いだ経験はねえはずだ。それが、きちんとした餡子を炊き上げていた。もっとあるぞ《あっつぉ》」と、稲留が鍋の餡子に目をやる。「にしゃ、見かけによらず頭を使って餡子を炊いだみでだな。艦上で炊ぐ餡子というので、水と砂糖を調整したべ」

水は、艦上で貴重だ。航海中は〝真水管制〟で、朝の洗面はコップ二杯と決められている。歯を磨いてひと口目ですすぎ、ふたくち目は吐き捨てるのがもったいなくて、そのまま飲んでいる兵もいた。烹炊も同様で、水は必要最小限である。洗米も一回目は海水を使う。

稲留が、気がついたように傍らの安住に顔を向けた。

「味見してみやっかや、徳造の炊いだ餡子？」

「安住さんは、祖父の餡子を味わったんですか？」

ワコは興奮していた。

「ええ。おいしかったですよ」

彼がほほ笑んでいる。

「どんなふうに？」

「どんなって、ごくオーソドックスな餡子という印象でした」

少しがっかりしてしまう。しかし、まあ、若き日の徳造が炊いた餡子だ。

「もうひとつ教えてください。安住さんは、間宮羊羹を食べたことがありますか？」

「いいえ」

それは意外な応えだった。

「艦長からお達しがあったわけではありません。それでも、艦内には不文律がありました。数に限りのある間宮羊羹は、これを楽しみに待っている将兵らに手渡すもの。自分たちは決して口にしてはならぬ、と」

ワコは当時の男たちの清々《すがすが》しい心意気を感じたような気がした。

「今度は私から、樋口さんに質問します。なぜ、お祖父《じい》さんのことをお知りになりたいのですか？」

どこまで伝えようか躊躇《ちゅうちょ》したけれど、この人には話していいような気がした。

「あたしが六歳の時、祖父がつくったどら焼きを食べてとても感激しました」

安住は自身を〝物好きなところがある〟と言っていた。きっと、型にはまらない自由な考え方をする人なんだ。だから、言ってみる。

「どら焼きを食べた時に風景が見えたんです。春と海の風景です」

「ほほう」

興味深そうに聞いていてくれていた。

ほっとしてワコは話を続ける。

「あたしは、どうしてもあのどら焼きがつくりたい。それで、和菓子の職人になったんです」

安住がなにかに気づいたようだ。

「今あなたが言った海の風景ね、給糧艦間宮と関係があるんじゃないでしょうか？　あるいは間宮羊羹と――」

「あたしもそう感じました。祖父は〝自分が菓子職人として一本立ちできたのは、マムロ羊羹のおかげなんだ〟と言っていたそうですし」

「マムロ羊羹？」

「教えてくれた方は陸軍の出身なんです。それで間宮羊羹をマムロ羊羹と記憶違いしていたのではないかと」

「川本が、間宮羊羹をヒントにした餡子でどら焼きをつくっていた、そういうことなんですね？」

「おそらく」とワコは言う。「もっと間宮羊羹について知ることで、祖父のどら焼きに近づけると考えています」

そこでワコは思いつく。

「間宮羊羹のレシピは残っていないのでしょうか？」

「羊羹の材料や調理法は、海軍省が発行する主計兵に向けた教科書に記載されているはずです。しかし間宮羊羹については、最前線にいる兵士たちに少しでもうまいものを食べさせたいという軍属の職人たちにより現場で手が加えられたものです。もはや教科書で定められている調理法とは、まったく異なるものになっている。それゆえに、幻の羊羹として兵たちの垂涎《すいぜん》の的となったのです」

「幻の羊羹……」

今度は安住のほうが、はっとする番だった。

「では、川本のどら焼きに行きつく過程で、間宮羊羹を再現することもあり得る、と？」

ワコは頷いた。

「間宮羊羹を再現する――それは興味深い」安住が言った。「実に興味深い」そう繰り返した。


「間宮羊羹……徳造はそう言っていたのか」

義男は井手田食品の店先の陽陰《ひかげ》に、パイプ椅子を置いていた。ワコは安住に会ったその足で、中町までやってきていた。どうしてもそれを確かめたかったのだ。

「俺も聞き違えたのかもしれんな」

「〝自分が菓子職人として一本立ちできたのは、間宮羊羹のおかげ〟――祖父はそう言ってたんですね？」

ワコに詰め寄られ、義男が困っていた。

「だから、まあ、そんなふうなことを言っておったということさ。もう昔の話だからな」

その〝一本立ちできた〟お菓子が、どら焼きだとしたなら……。

「お父さんにとって、どら焼きがどういう意味を持つお菓子だったかって、急にどうしたの?」

美代子は、ワコの突然の来訪に驚いていた。そんな伯母に、ワコは今日あった出来事を伝える。

「徳一おじいちゃんは厳しかったから、なかなかお父さんの自由にお菓子をつくらせなかったの。お父さんが本格的に自分のお菓子をつくれるようになったのは、徳一おじいちゃんが亡くなったあと、三十五歳で店を継いでからだった。〝一本立ちできた〟といえばその頃で、どら焼きを自分流につくるようになったのもそうだと思うわよ」

そこで美代子がはっとする。

「もしかしたらなにか分かったの、ワコちゃんが見た風景のことが?」

「あたしの見た海の風景は、お菓子の船でつくっていた間宮羊羹を意味していたんじゃないかって思うんです」

2

小原とワコは工場の餡場で、並んで餡子を炊いていた。傍らに浅野が立っている。

餡練り機の中で、小豆が蜜と混ざってゆく。湯に砂糖を溶かしたのが蜜だ。ここで、小豆は餡となる。火を加えられて水分が飛んでいくと、粘度が増してとろみのついた餡は、ぽんぽんと跳ねる。以前のワコなら怖くて、思わず火を弱めてしまうところだ。餡を炊き始めたばかりの頃、「こら！　火を弱くするな！」と後ろから浅野に怒鳴られたものである。失敗もした。材料費がかかる餡子は、失敗すると金額的な損害が大きい。饅頭ひとつしくじるのとはわけが違う。店に申し訳なく思うし、自分のダメさ加減に対して精神的な痛手も大きかった。

餡練り機の羽根が、スーシャ、スーシャとなめらかな音をさせている時は大丈夫。それが、ザザ、ザザザと引っ掛かるような音がすると、鍋に餡が焦げついていることになる。

スーシャ、スーシャが、さらにスー――、スー――と、音になめらかさが増したところで、水飴《みずあめ》を加える。餡の中の水分を閉じ込めるためだ。

さらに三十分ほどすると、羽根の音がササ……ササ……くらいの無音に近くなる。時々、餡練り機の鍋の縁に付いた餡を、木のしゃもじでこそげ落とす。熱が高いので、気を抜くと餡が縁で焦げ付いてしまうのだ。半袖では、餡が跳ねて腕を火傷《やけど》してしまう。暑いけれど、作務衣の下に長袖の黒いTシャツを着こんでいた。粒が残るように、火加減は強めのまま手早く仕上げる。粒が潰れるとべたついてしまう。おじいちゃんの若い頃は、餡練り機がなかった。ずっとヘラでかき回してたなんて、おじいちゃんの腕、きっと火傷だらけだったろうな。

――うん？　なんだろ、このにおい？　違和感を覚えたワコは、自分の鍋を覗き込み、そのあとで小原の鍋を見やる。そして、はっとした。

「小原君、鍋の縁！」

「え？」

ポコン、ポコンは小豆の跳ねる音。そこに、ザザ、バチバチという音が混じる。

いけない、焦げる！　慌ててワコは、ヘラで小原の鍋の縁の餡をこそぎ取ろうとした。

するとと、横からワコを押しのけ、ヘラを持った手が素早く伸びて縁の餡を落とす。

「熱《あ》ち！」

小原が、ヘラを持っていない左手で頬を抑えていた。

「大丈夫？」

ワコは心配して訊く。跳ねた餡が当たったのだ。

彼が手を外すと、頬に水膨れができていた。

「ああ。おまえが、顔に火傷しなくてよかった」

ふたりとも餡子が炊き上がる。

杉の木の爽やかな香りがする取り板に、しゃもじで粒餡をすくっては、小さな山のように幾つも盛っていった。山にして表面積を大きくし、冷ますのだ。山の頂上に、ちょっと角が出るくらいの仕上がりが目安。取り板に餡を載せず、そのままプラのバットに直接入れる職人もいる。だが、取り板に置いたほうが、木が吸って水分がほどよく抜ける。餡子の味は、炊く作業の細部の少しずつのひと手間によって違ってくるのだ。

浅野がしゃもじで取り板の餡子をほんの少しすくって口に含む。そして、頷いた。

「ワコは明日から、俺の監督なしにひとりで餡子を炊いていいぞ」

ついに合格をもらった！

続いて浅野が小原を見やる。

「おまえもだ、小原」

彼が嬉しそうに頭を下げる。そのあとで、ワコに笑みを向けてきた。

「ふたりとも耳がいいな」

浅野がそう感想をもらす。

「あと、ワコは鼻もよさそうだ」

思わず照れ笑いしてしまう。

「いや、餡子を炊くのに必要なことだぞ。それに、だいぶ度胸がついてきたようじゃないか。けっして火を弱めようとしない」

耳、鼻、度胸か……とワコは思う。おじいちゃんもそう言われていた、お菓子の船で。


その日の終業後、ワコは皆が帰った作業場に残っていた。

「ムッ！」水がいっぱいに入った寸胴をコンロから持ち上げ、シンクへと運ぶ。この動作を何度も繰り返していた。餡づくりのトレーニングである。

「ツル、考え直す気はないか？」

工場長の声がした。

「笹野庵《ささのあん》から好待遇で誘いを受けてるんでね」

鶴ヶ島の声がそう返すのを耳にして、ワコははっとする。薄暗い作業場に残っていたのは、自分ひとりだけでないことは知っていた。餡場のほか曽我の執務室に明かりがついていて、ふたりはそこから出てきたところだった。

「この店には長居し過ぎましたよ」

曽我が、「残念だ」と言葉をかける。「奥山堂の工場長を継ぐのは、おまえだと思っていたのに」

「工場長がそう考えてくれているようなのは、気づいてました。だから俺に、作業場をまとめる教育を施そうとしていることも、ね。組織論ってやつだ。だが、どうにも俺の性に合わない。せっかくですが、俺はあくまで一職人ですよ」

「それなら、一職人として奥山堂に残る手はないのか？」

「さっきも言ったでしょう、長居しすぎたって」

鶴ヶ島は、曽我に向けてだけではなくワコにも聞こえるように話しているようだった。

「実は、俺の刺激になったことがあってね。もう去年になるが、ワコが自分がこしらえたじょうよ饅頭を捨てたくないと言って見せた涙だ」

鶴ヶ島が口の端でほんのわずかに笑ったのが見えた。

「ワコに対しては、〝小僧の俺も、作業場では泣かなかったぞ〟と、職人の気構えみたいなもんを垂れたりはしてみたが、同時に俺もそんな頃があったと思い出したよ」

ワコは息をこらして、彼が言わんとする次の言葉を待つ。

「で改めて決心した。菓子づくりに真っ直ぐに取り組もうってな。俺が各地に修業の場を求めたのは、よい菓子がつくりたかったからだ。俺はますます菓子をつくることに本気になった」

鶴ヶ島が曽我に向けて一礼すると、顔を上げる。「笹野庵からの誘いにも、一職人として行くと応えた」

鶴ヶ島が、ほんの一瞬ワコに鋭い目を向けてきた。

「その一職人としては、一人前になった女の菓子職人がこしらえたものを見てみたいって気はしてるがね」

そう言い残すと、作業場を出ていった。

第五章　対決

1

一九九七（平成九）年三月、ワコは四年振りに安住と交水会倶楽部で会っていた。この四年間は、ワコにとって目まぐるしかったと改めて感じる。

「川本について思い出したことがあったので、ぜひそれをあなたにお伝えしたくて」

「なんでしょう？」

二十五歳になったワコは、身を乗り出す。

「私は自分の想像として、〝お菓子職人であり、水兵でもあった川本は、両者の仲介役のような役割を期待されて間宮に乗艦したのではないでしょうか〟と、樋口さんにお伝えしました」

「ええ、確かに」

「しかし、加瀬艦長が実際にそれを川本に言って聞かせていたのを思い出したんです。〝おまえには、職人と兵との橋渡し役になってもらいたい〟と。川本が乗艦した間宮が横須賀を出港して、数日が経った頃のことです」

「煙草盆出《たばこぼん》せー」の令が下ると、翌日の起床まで自由時間となる。晩飯も済み、当直以外の乗員が寝静まった頃に安住は、艦長の加瀬と艦内をぶらぶら歩いていた。加瀬は、自分の船を愛している。散歩と称して、彼は自分の城である間宮のあちこちを見て回るのを好んだ。時には、誰かを散歩に同行させる。その夜は、電信室にいる安住にお声掛けがあったのだった。

加瀬の趣味に付き合うのが、安住は嫌ではなかった。士官は制服を自分で整えねばならない。加瀬は一流のテーラーでつくらせたらしく、後ろから眺めていても仕立てのよいものであると分かる。詰襟から覗いた白いカラーが清々しかった。

加瀬が菓子生産室のドアをあけると、「そこは涼しいか?」と呼びかけた。安住も横から中を覗き見る。すると、ステンレスの保存庫の上でごろ寝していた川本が、バネ仕掛けの人形のように飛び起きた。

加瀬の頬ひげを生やした彫りの深い顔が、廊下の明かりを受けて覗いていたのだ。それは驚くだろう。加瀬はズボンのポケットに片手を入れ、寛《くつろ》いだ様子で立っている。狭い艦内では危険であるという理由で、海軍では下士官と兵は、ポケットに手を入れるのは厳禁である。士官だけが許される行いだった。

石炭船の居住区は、蒸し風呂のように暑い。川本はここに避難していたのだろう。

「申し訳ありません」

どうやら殴られるものと覚悟した様子だ。直立不動の姿勢でいる。

加瀬は笑って、「いいさ、いいさ」と言うと、「面白いものを見せてやろう」と歩き出す。川本も慌ててあとについていく。安住は、また艦長の酔狂が始まったと思っていた。

中甲板の長い通路を突き当りまで歩き、仕切り壁のドアを開くと、そこは士官居住区である。

「ここが俺の部屋だ」

と、加瀬が左舷側のドアを開く。赤い絨毯の敷き詰められた室内には、木製の重厚な書き物机と書棚がつくり付けられている。木枠のある寝台もあった。寝台の横の丸い船窓には、やはり赤い羅紗《らしゃ》のカーテンが掛かっていて、今はそれが片側に束ねられている。

「風呂もある」

室内のドアを開けると続きの間は風呂場で、市松模様のタイルの上に焦げ茶色の西洋バス式の浴槽が置かれていた。隣には蓋が閉められた大便器もあった。鏡の付いた洗面台まである。

「こっちはもっと豪勢だぞ」

加瀬が、士官居住区の突き当りのドアをあける。

来賓室《らいひんしつ》だ。

そこは横長の部屋で、中央に磨き立てられた木製の長机が置かれ、光沢を放っていた。机の細部には、美麗な装飾模様が彫刻されている。木製の椅子が両側に四脚ずつ置かれていた。見上げると天窓があり、今は羅紗の赤いカーテンで覆われている。そのカーテンが、ぼおっと薄明かりを帯びているのは、月光が射しているからだろう。今宵《こよい》は満月のはずだ。天窓は甲板に穿《うが》たれている。

「客を招いての午餐会《ごさんかい》や晩餐会《ばんさん》を催す際に使う」

川本はあんぐりと口をあけたままでいる。安住も以前に見せてもらったことがあるが、船の中とは思えない。隣に烹炊所もあって、西洋食器が積まれている。葡萄酒《ぶどうしゅ》用の脚高《あしだか》のコップが逆さまにされ、たくさん吊るされていた。

「いいか、間宮は洋上の食品工場であるばかりでなく料理店でもあるのだ」

さらに加瀬が部屋の奥のドアを引くと、続きの間へと踏み入っていく。壁に設けられた神棚のようなところに陛下の御真影《ごしんえい》が安置されていて、川本が脱帽し一礼した。

「ここへ来てみろ」

加瀬が正面の観音開《かんのんびら》きの扉をあける。

風が吹き込んできて、川本が、「おお」と驚きの声を上げていた。そして、遠慮がちに加瀬の少し後ろに立った。中甲板の最後尾で、そこはバルコニーになっている。間宮の航跡《こうせき》の波や泡を月と満天の星が照らし、きらめかせていた。来賓室の明かりを背に、艦長がバルコニーに立ったのに気づいたのか、追随する護衛の駆逐艦がのんびりとした汽笛を鳴らす。

「川本、おまえ、雑役船に乗せられたと腐っておるようだな」

川本は慌てて背筋を伸ばす。

「いえ、そんなことはございません！」

加瀬が、ふっと笑った。

「そう顔に書いてあるぞ。おまえは分かりやすい男だな」

川本は黙ってうつむいている。

「おまえのことをショーフクから聞き、この船に乗せることにした。間宮の主役は、二百人の職人たちだ。おまえには、職人と兵との橋渡し役になってもらいたい。間宮はやりがいのある仕事場だぞ。おまえにもそのうち分かる」

「はい！」と彼がかしこまって返事した。

「ところで川本、艦長室がなぜ船尾にあるか分かるか？」

と質問を投げかけられ、川本が戸惑っている。

「安全だから、などではないぞ。むしろ、航空機での攻撃が主体となった現在、船尾は一番危険な場所になった。だから、新造の船は士官室が前部にある。いいか、船の主《あるじ》が後部に陣取るのは、帆船時代からの伝統ゆえだ。ひとり乗りのヨットを思い浮かべてみろ。操縦者は船の尻に乗っておるだろう。あれが顕著な例だ。軍艦旗も艦尾に掲揚する」

川本はすっかり話に聞き入っていた。

「俺は一国一城の主になりたかった。それで、手っ取り早い道のりとして特務艦乗りになることにした。これまで旋盤《せんばん》や溶接など工作機械を装備した特設工作艦などさまざまな特務艦に乗った。一国一城の主としてな。そして、この間宮だ」

加瀬がぎょろりとした大きな目を川本に向ける。

「川本、おまえも一国一城の主を目指すがよかろう」

「艦長を目指すのですか？」

加瀬が再び夜の海に視線を戻すと、「一国一城とは、なにも艦艇ばかりとは限らんだろう。おまえにとっての城がきっとあるはずだ」と言った。


〝一国一城の主を目指す〟――ワコはこれまで考えたこともなかった。だが、自分がつくりたいお菓子をつくるためには、自分の店を持たなくてはならない。祖父のどら焼きをつくるには、それが必要なのだ。

安住がワコに向かって言う。

「艦長は、こうも伝えたかったのではないかと考えます。兵隊ばかりがお国のために働くことではない。いつかおまえは、自分の仕事で一国一城の主になれ、と」

この前会った時、安住自身も間宮に乗ったことで〝兵隊だけがお国のために働く道ではないはずとも思うようになった〟と言っていた。

祖父は間宮の艦長に、一国一城の主を目指せと言われた。自分もいつか独立しよう、ワコはそう決心する。そのために、まずなにをしたらいいだろう？


「お世話になりました」

と小原が、浜畑と浅野に向けて頭を下げた。

「ああ」「うん」とふたりが応える。

「ワコも」

小原がこちらに顔を向けた。

「そんな、あたしはなにも」

同じ三月のこの日、修業を始めて五年が経過した小原が奥山堂を去る。

「本当はもう少しここで勉強を続けたいんだけどな。親父が戻ってこいってうるさいんだ」

「小原菓寮の跡取り息子だものね」

とワコが言ったら、少し頬を赤くさせていた。

業務が終了すると、小原は曽我の執務室に行き挨拶していた。ワコは作業場の職人らとともに小原を送り出すと、今度は自分が曽我の部屋を訪ねていた。

「どうした、まさかおまえまで辞めると言い出すんじゃないだろうな?」

初出社した日、〝石の上にも三年ではなく五年と思え〟と曽我に言われた、その五年が過ぎたのだった。

「あたし、コンテストに出たいんです」

和菓子協会が主催するコンテストの東京大会が五月にある。それに出場して力を試すのが、自分の店を持つことへの第一歩と考えたのだ。だが口にしたあと、すぐにワコは顔が熱く火照る。

「まったく身のほど知らずだとは思うのですが……」

「コンテストに出場するのはいいとして、五月まで準備期間が二ヵ月しかないぞ」

「今の自分の実力が知りたいんです」

「分かった。この五年間で身に付けた技術を出し切れ」


通勤途中に通り抜ける隅田公園の桜並木が、ほんの少し色づき始めていた。

コンテストの課題は、春と秋をテーマにした上生菓子をひとつずつつくること。上生菓子の代表格は、白あんを着色して四季折々の風物に題材を取った、練りきりだろう。ほかにも羊羹、求肥《ぎゅうひ》などを使い、つくり手の創意工夫で自由に表現される。いわば、和菓子の華だ。

「上生菓子をつくるには、感性を磨くことが必要だ」作業場に出ると、曽我が声をかけてきた。「では、その感性とはなんだと思う？」

ワコは応えられなかった。

「私は以前、みんなに曖昧さを排除しようと言った。〝なぜ、そうするのか〟を具体的、論理的にしろとな。おまえなりに感性を具体的、論理的に突き詰めるんだ。そこからワコの上生菓子が生まれるはずだ」

――あたしの上生菓子。

出勤の時に眺める桜の蕾《つぼみ》がふくらんでいき、やがて花開いた。

「たとえば朝起きて、窓の外を見ると雪が降っていたとします。顔を洗おうと蛇口をひねると、刺すように水が冷たい。見たもの、感じたもので真冬という季節をどう表現するか？　その表現力の豊かさだと思います」

「まだ足らんな」

曽我に一蹴された。

奥山堂からの帰路、夕暮れの隅田公園でワコはふと立ち止まる。桜吹雪が舞う中、浅草寺の鐘の音が聞こえた。浅草でお菓子の修業ができてよかったとワコは思う。まがい物めいたものもあるけれど、確かな伝統も息づいている。ある日突然、隣の宮大工のおじいさんが人間国宝になったり、飾り職人のおじさんが伝統産業功労賞を受賞したりする。ワコは夜の仲見世を歩くのも好きだった。賑わう昼間とは違い、静かなシャッター通りがライトに照らされた風景は幻想的ですらある。この街は、見る人の目によってさまざまに映るだろう。……そこではっと気づいた。

「雪の朝、顔を洗おうとしたら、あまりに水が冷たかった。それでまた布団に戻り、もぐり込んでしまう人。あるいは顔を洗ったあと、さらに手で冷たい水をすくって飲む人。その水によって身体が浄化されたようで、思わず雪の中に飛び出して駆け回りたい衝動にかられる人。雪の朝をどのような形で表現するかが感性だと思います」

曽我がワコに目を向ける。

「おまえがそう思うなら、やってみろ」

その日は来た。日本橋にある和菓子協会東京本部のキッチンスタジオには、三百人の年齢が異なる和菓子職人がコンテストのために集まった。ガラスの向こうでは、大勢のギャラリーが中を覗き込んでいる。

「ほほう、女の職人とは珍しい」

審判員を務めるベテランの協会員が、作業台に向かって立つワコの前で聞こえよがしに呟く。確かにそのとおりで、出場者の中に女性は自分ひとりきりだった。

「今の自分の実力が知りたいんです」と曽我には言った。しかし、こうして参加したからには勝ちたい。それになにより、ひとりの人物が混じっていた。

――ツルさん！

おそらく笹野庵の制服なのだろう、鶴ヶ島は紫色の作務衣を着ていた。長い作業台が横三列、縦十列並んでいる。ひとつの作業台に十人ずつが横並びになってお菓子づくりを行う。鶴ヶ島は前のほうの作業台にいて、ワコは中ほどにいた。離れてはいるが、鶴ヶ島の背中を斜め後方から眺めることになる。気になった。

だが審判員の、「始め！」の声が会場に響き渡ると、すべては消し飛ぶ。

持ち時間は二時間だ。練り切りの生地をつくるところから始める。餅粉に水を加えてこね、耳たぶくらいの硬さにする。中綿《なかわた》にするこし餡は、昨日のうちにつくって冷蔵庫で冷ましたものを各自持参していてそれを使う。

この五年間、お菓子づくりに役立つと聞けば、自然とその方向に足が向いた。ほかの店のお菓子を見て歩いたり、美術館で絵画を鑑賞したり、百貨店の着物売り場で美しい晴れ着の柄を眺めたりした。思わず入ってしまった格式のある呉服屋で、店員に高い帯を勧められて困ったことも……。目にして印象に残ったものは、絵や文で書き留めるように努めてきた。そうした日々のさまざまな積み重ねが、自分を自然と刺激してくれていたらいい。

つまんで伸ばし、粘りを出し、裏ごしし、もみ込んで生地をつくる。できた生地に色素を加えて着色し、形をつくり、角棒で刻みを入れる。制限時間内に、春と秋の上生菓子が十個ずつはつくれるだろう。それぞれ一番よくできたものを提出する。

時間は刻々と経ってゆく。だが、この張り詰めたような空間の中でも、お菓子づくりの喜びと確かな充実がある。そして、ワコは感性を発露させた。

「終了!」

その声を聞いた途端、力尽きてその場にくたりと座り込みそうになる。

審判員によって、出場者はスタジオの外に出るよう促された。味は審査の対象にならない。作業台に残された菓子の姿だけが審査されるのだ。

競技会場から退出した職人たちは、ロビーで手持ち無沙汰の時間を過ごす。顔見知り同士は会釈したり、話し込んでいる姿もある。そうした人たちは笑顔を浮かべてはいるが、どこか虚《うつ》ろだ。みんなが落ち着かない待ち時間を費やしていた。人々の向こうに、鶴ヶ島の姿が見える。挨拶しに行きたいが、近寄りがたい雰囲気を纏っていた。

審判員の指示で、再び会場に戻る。

「結果発表——」

審査員長が正面のステージに立ってそう宣告した。会場中が固唾を呑《の》んでいる。もちろんワコも。自分の心臓が音を立てているのが聞こえるようだった。

なんの前触れもなく、ワコの顔がステージ上のスクリーンに大写しになる。その顔は、きょとんとしていた。

「和菓子コンテスト東京大会準優勝は、奥山堂の樋口選手」

それを聞いた途端、自分の心臓は確かに一度止まったかもしれない。耳にいっさいの音が届かなくなった。

スタッフに案内され、ふわふわした足取りでステージに登壇する。突然、大きな拍手の音が耳の中になだれ込んできた。自分よりも若い振り袖姿の女子が、渋い和皿に載せた上生菓子を運んでくる。ワコがつくったお菓子だ。壇上のテーブルに置かれたそのお菓子が、スクリーンに映し出される。春をテーマにウグイスを、秋をテーマに柿をつくった。それぞれ『初音《はつね》』、『照り柿』という菓銘を付けている。自信作だった。自分の姿が映った時よりも晴れがましさを感じる。スクリーンのお菓子と自分に向けて、出場者とギャラリーが拍手を送り続けてくれていた。ワコは胸がいっぱいになる。

しかし審査員長が再びマイクを握ると、ワコの興味はすでにほかに移っていた。

「優勝は、笹野庵の鶴ヶ島選手です」

ワコは準優勝した上生菓子を、五センチ四方のプラスチックの菓子ケースに入れて奥山堂に持ち帰り、作業場の皆に見せた。コンテストは、店が忙しくなる週末ではなく平日に開催されていた。

「よくできてるよ。ねえ、ハマさん」

と浅野が感心したように言う。

「さっすが準優勝の作品。三百人中の二番だろ、大したもんだ」

浜畑がそう褒めてくれた。

もちろん嬉しい。けれど、ワコの表情はすぐれない。鶴ヶ島の作品を見た途端、準優勝の喜びは吹っ飛び、敗北感ばかりが募ってきたのだ。鶴ヶ島がつくった優勝作品の菓銘は、春が『おぼろ月』、秋が『もみじ』である。春のほうは一見すると普通の蒸し羊羹のようだ。けれど、四角いこし餡の中に杏子《あんず》のシロップ漬けが沈んでいる。ぼかしという手法で、まさに柔らかくほのかにかすんで見える春の夜の月というたたずまいだった。秋のほうは、求肥餅にすりごまを混ぜてつくった濡《ぬ》れたような石に、紅《あか》いもみじの葉が一枚落ちている。それだけで、清らかな冷たい水の流れが見えるのだ。そこには、過ぎ去った夏の思い出さえ感じられる。なにより……とワコは思う。なにより、どちらのお菓子もとてもおいしそうだ。

表彰式の時、鶴ヶ島はワコのほうをちらりとも見なかった。真っ直ぐに前を向いていた。鶴ヶ島がつくった上生菓子も壇上に運ばれていた。ワコは、そのふたつの菓子に視線が釘《くぎ》づけになっていた。

表彰式が終わるとワコは、「おめでとうございます」夢中で鶴ヶ島に声をかけた。「ツルさんがコンテストに出場されてるなんて、意外でした」

「俺が出場する理由は、自分の技術の確認のためだ。店の連中が、俺に注意することはないからな。自分の技量が落ちていないかを、客観的に査定する機会が必要だからだ」

それだけ言うと、鶴ヶ島は立ち去った。よいお菓子をつくりたい、それだけに没頭している人。

「どうした?」

曽我の声に、物思いにふけっていたワコははっとする。

「浮かない顔だな」

「優勝したツルさんのお菓子とは、たいへんな隔たりがあります」

曽我が頷いていた。

「ワコ、おまえの上生菓子は技巧的には確かに優れている。しかし、このお菓子におまえが言った感性があるだろうか?」

再び激しいショックを受ける。

「コンテストの前、おまえは感性について自分なりに語ってみせた。それはいいだろう。だが、お菓子に表現するやり方が違っている。蔕《へた》のある側の柿をつくるのでは、たとえそれがよくできていても単なる説明だ。これは柿です、という説明をしているに過ぎないんだ。むしろ、花落ち側の頭をつくったらどうだ。そうすることで、柿の木を見上げた時の秋の夕映えの景色が目に浮かんでくる。ウグイスも、姿をそのままつくったならば説明だ。『初音』という菓銘ならば、鳴き声をつくるようにしろ」

鳴き声⁉　ワコは絶句した。

梅雨の晴れ間、アパートの窓から空を見上げる。朝の空は芸術的だ。この色、この気配を、いつか自分のお菓子に活かせたら、とワコは思うのだ。来年のコンテストに再挑戦するつもりだった。

習慣でテレビをつける。新聞をとっていないので、朝の情報番組でニュースを耳に入れるのだ。先週末にリニューアルオープンした常盤百貨店横浜店の地下食品売り場について紹介していた。横浜駅前にある常盤百貨店には、実家で暮らしていた頃よく出掛けた。デパ地下で買い物したこともある。常盤百貨店といえば、銀座本店の催事に応援に行った際、客足が遠のいて悄然《しょうぜん》と立っているエプロン姿の父の姿を見たっけ。あれから四年が経つ。実家にはごくたまにしか帰らないけれど、「会社の和菓子部門はどう？」と父に訊くと、「やっとなんとか格好がついてきたよ」という返事でひと安心したような、であった。「中心に据えていたスーパーへの卸しなんだが、パンコーナーに近い店だと、うちの主力である製パン部門の営業とタッグが組めてな。もっとも、売り場の棚を確保するのに、今も苦労してるがね」

なるほど、味和産業の和菓子をスーパーで見かけるようになった。ワコも、どら焼きを買ってみた。パッケージの裏には薬品の名前がたくさん記されていた。流通の時間も入るし、保存のためということか。値段も安いし、どら焼きはどら焼きである。父の会社のお菓子を、こう評するのはなんなのだが。

そういえば、百貨店のあの催事には陽平も来ていた。

「え⁉」

……どうして？　その陽平が、今まさにテレビに映っているのである。デパ地下を背景に満面の笑みを浮かべていた。

「これが、鎌倉産の天然ワカメを練り込んだ鎌倉こんにゃくです」

陽平が差し出す商品が大写しになった。

2

「その絵師というのが、白く長いあごひげをはやしていて、まるで仙人みたいなんです」

ワコは、見学しにいった墨絵のアトラクションの話をする。

「仙人ねえ」

と浅野が笑みを浮かべていた。奥山堂の作業台で、ふたりで包餡している。

「最初は、あたしも見かけ倒しかなって思ったんですね。でも、描いた絵を見てびっくりしました。だるまさんが四体並んでいるんですけど、それぞれが四季を表しているんです。みんな同じ顔なんですけど、よくよく見ると表情が微妙に違ってる。目が笑っていたり、眉間がなにかに耐えていたり、しんと澄ましていたり、口もとが引き締まっていたり。ほかの人は、あたしが見つけた微妙な違いとは別の部分を見つけるかもしれません。それでも、ひとつひとつに間違いなく春夏秋冬を感じるんです。工場長の言うウグイスの声をお菓子にするって、ああいうのかしらって」

やはり浅野はほほ笑みながら、「本当に熱心だよな、ワコは」と感心している。

「あたしもツルさんみたいなお菓子がつくりたいんです。そのためには感性を磨かないと」

すると浅野がこんな提案をした。

「今度、うちの息子が通ってる保育園でスケッチ大会があるんだよね。一緒に行ってみないか？　子どもの感性って、すんげー豊かだぞ」

梅雨明けして間もない、明るく晴れた日だった。園庭に集まった子どもたちに向けて若い保母さんが、「さあ、みんなでシャボン玉をしましょう」と声をかける。はしゃいでシャボン玉をつくる子どもたちの姿に、ワコも笑顔が咲く。続いてみんなで保育室に入ると、「今度は、シャボン玉を絵にしてみましょう」と保母さん。机についた子どもたちは、クレヨンで絵を描き始める。大人でもシャボン玉を表現するのは難しい。ただ丸を描く子もいれば、渦巻きを描いている子もいた。しかし、ワコはそれを眺めながら、「うん、うん。いいんだ」と感じている。

シャボン玉をつくっている友だちの姿を描いている子もいた。女の人の顔の絵を見て、「これは誰？」とワコは尋ねてみた。「ママ」と、クレヨンを握っている女の子が応える。「今日ね、お仕事で来られなかったの」――そうなんだ、寂しいね。猫の絵を描いている男の子に、「これは？」と訊いたら、「キナコ」と言う。きな粉か、ワコは思わず笑みがこぼれる。男の子がさらに、「うちで留守番してるんだ」と教えてくれた。シャボン玉は、子どもたちの心を映す鏡なのだ。「お菓子は、人の心を映す鏡」と曽我が言っていたように。子どもたちそれぞれが、自分の心に浮かんだ映像を描いていた。

お昼をみんなで一緒に食べる。浅野は、ワコの分のおにぎりも用意してくれていた。

「おいしい」

握り加減が絶妙で、口の中でほどけるようだった。具は焼きたらこである。

「そうだろ」と浅野が得意気に返す。「保育園の催しは基本平日だ。来られない親も多い。共働きの女房もそうだ。その点、俺たちの仕事は週末が忙しいわけだから、こうやって参加できる。弁当のおにぎりも俺がつくるんだが、子どもだけでなく女房にも評判がいい」

浅野似のぽっちゃりした長男は、オムライス風にチキンライスを薄焼き卵で包んだおにぎりにむしゃぶりついていた。口の周りをケチャップで赤くしている。

「俺な、奥山堂を辞めるつもりだ」

突然言い出されたことに、ワコは食べていたおにぎりが喉に引っ掛かりそうになる。

「お店を移るんですか？」

「いや。お菓子の職人そのものをよす」

寂しげな横顔だった。

「俺には、おまえやツルさんのようなセンスがないからな。あとから入ってきたおまえがコンテストで準優勝するのを目の当たりにして、思い知らされた。お菓子職人として、俺は先が見えてるよ」

ワコは黙ってしまう。

「知り合いの弁当屋で働かせてもらうことにした。そこで仕事を覚えて、将来は自分でおにぎり屋を始められたらって思ってる。工場長からも、赤飯を炊くのだけは褒められるしな」彼が苦笑してから、こちらを見る。「ワコも、自分の店を持ちたいと思ってるんだろ？」

自分の店……。

八月のお盆の繁忙期を過ぎると、浅野は言葉どおり奥山堂を退職した。

厳しい残暑が続いていた。朝の通勤時、陽射しは早くも勢いを増しつつある。隅田公園は、セミの声が降るようだ。園内に人影はなく、百日紅《さるすべり》の赤い花だけがここを先途と咲き誇っているだけだった。今日も暑くなりそうだ。ふと、萩《はぎ》がひっそりと蕾《つぼみ》をつけているのに気づく。

ウグイスの声をお菓子にする！　ワコには、やっと分かったような気がした。萩の花で秋を表現するとしたら、それは説明だ。陽が照りつける百日紅の赤い花の傍らで蕾をつけている萩のほうが、静かに忍び寄る秋を知らせている。

3

翌年、一九九八（平成十）年五月、二十六歳のワコは再びコンテストに出場した。課題は、春と秋をテーマにした上生菓子をひとつずつ作製すること。前回と同じ課題だ。そして、ワコは優勝を果たした。

「ついにやったな」

持ち帰った作品を見た曽我が、そう言ってくれた。一日の業務が終わった作業場には、すでに誰もいなくなっていた。

秋の菓銘は『良夜《りょうや》』。前回大会の鶴ヶ島の作品を本歌取りしたつもりだ。ただし、趣向はまるで違う。黄みがかった練り切りで丸く包餡しただけである。

「それだけなのだが、確かにぼってりとした、明るい秋の夜の月が見える」

曽我がもう一方の菓子に目をやる。

「さらに見事なのが春だ」

菓銘は『ほころぶ』にした。やはり、やわらかい白い練り切りで、こちらもただ丸く包餡している。そこに一ヵ所くぼみを設けたので、中綿の紅色のこしあんが薄っすらと透けて見える。

「白い梅の蕾。それがほころぶ瞬間に差す紅色か。大人になるかならぬかの乙女の、えくぼのようでもある。なにより、このお菓子を目にした人は、きっと顔をほころばせるに違いない」

曽我が上生菓子からワコに目を向けた。

「これこそ、まさにウグイスの声だな」

「ありがとうございます」

ワコは頭を下げた。もうひとつ自分がこだわったのが菓子の味だった。審査基準に味は含まれない。それでも、練り切りの色づけには合成着色料を用いなかった。『良夜』には、茹で卵の黄身だけを裏ごしして練り切りに混ぜ込んだ。『ほころぶ』の餡子は、梅干しを裏ごししたペーストで紅く色づけしている。白い練り切りを通して中の紅色を透けさせるため、中綿の色を少し濃い目にする必要がある。それで、ビーツの鮮やかな赤で色足しした。火焔菜《かえんさい》ともいわれるビーツは、サトウダイコンの一種でほのかな甘味がある。天然素材のほうが色合いが自然になるし、おいしそうに仕上がる。そして、味としても加味されるのだ。そう、なによりワコは、おいしいお菓子がつくりたかった。幼い自分を魅了した、徳造のどら焼きの味を追い求め続けているのがその証《あかし》だ。

コンテストについて心残りがあるとしたら、鶴ヶ島が今回出場していなかったことだ。鶴ヶ島に勝つのが目標でもあったから。

ともあれ優勝したら、と決めていたことがある。

「工場長、実は――」

すると、曽我が頷いた。

「奥山堂を辞めたい、と言うんだろう?」

ワコははっとする。

「そう決意していたのが、なんとなく分かっていたよ」

「では」

曽我が今度は力強く頷く。

「これだけのお菓子がつくれるんだ。もう私に教えることはないようだ」

「もうひとつ教えていただきたいことがあります」ワコは思い切って伝える。「あたしが専門学校に通っている時、浅草で奥山堂のどら焼きを食べました。それで、このお店で修業したいと決めたんです。それは普段店売りしているものとは違う、特別などら焼きでした」

曽我は表情を変えなかった。

「あのどら焼きは、工場長がつくったものですよね?」そう訊こうとした矢先、「やあ、きみたち」という声に遮《さえぎ》られる。

振り返ってワコは驚く。仕立てのいいスーツを一分の隙もなく着こなした奥山堂の社長、高垣が立っていたのだ。自分が入社して以来、高垣がこの作業場に姿を現すのは初めてだ。

「樋口君、コンテストの優勝おめでとう。きみのような素晴らしい腕を持つ職人が、この奥山堂にいることが誇らしいよ。しかも、それが若き女性ときている」高垣のゴルフ焼けした顔が笑っていた。「ところで、きみに提案があるんだ。テレビに出てみないか?」

梅雨入りして間もない六月のその日は、薄曇りだった。東京湾テレビ局の近くにあるお台場スタジオシティは、大小の撮影スタジオをショッピングモールやレストランが取り巻いている。収録のスタートは午前十時。ワコは二時間前に、曽我が運転する会社のワゴン車でスタジオ入りし準備を始めた。

『いざ勝負！』は、東京湾テレビの看板番組だ。ラーメン職人や製造業の旋盤《せんばん》職人らが技を競い合うバラエティである。なかでもスイーツの職人対決は人気が高く、「今回、我が奥山堂の樋口君、きみに白羽の矢が立ったというわけだよ。和菓子協会主催のコンクールで優勝した若き職人としてね」社長からそう通達された。

思ってもみなかった提案に、ワコはあっけにとられる。

「どうだろう、うちへの最後のご奉公に出てもらえないだろうか？　奥山堂としては、いい宣伝になる」

無言でいると、社長がほほ笑んだ。

「樋口君は、うちを辞めたいと決意しているようだ。きみと工場長の話を聞かせてもらったよ。店を辞めるのは、独立したいからだろう」

思わず社長に顔を向ける。図星だった。自由にお菓子をつくるには、自分の店を持つしかない、そのための独立だ。

「ならば、開店資金が必要だろう。番組出演のギャランティーと合わせて、奥山堂から退職金として二百万出そう。なあに、テレビＣＭに比べたら安いもんだ。きみが出ることで、数千万円分の宣伝広告費に相当する」

社長からのその提案に、ワコは番組出演を呑むしかなかった。「無理しなくていいんだぞ」と曽我は言ってくれたが、やはり受諾した理由はおカネである。開店資金として、少なく見積もっても一千万円は必要なのだ。

スタジオで準備をしつつ、それにしても相手はどんな人だろう？　とふと考える。すると、紫色の作務衣に身を包んだ男性が、荷物を持った付き人三人を従えスタジオに入ってきた。その姿を見て驚く。ツルさん！

鶴ヶ島は、こちらを一瞥することもなかった。付き人に指示を与えつつ、道具や材料を作業台に展開してゆく。

「相手にとって不足なしといったところだね」

社長がワコの隣にやってくると、鶴ヶ島のほうを見やる。そして再びワコに顔を向けた。

「おっと、対戦相手が彼だというのは、私も収録間近になって知ったんだ。だが、きみには拒む理由はないだろう？」

そのとおりだ。優勝したコンテストでただひとつの心残りは、鶴ヶ島が出場していなかったことだ。

「いいかい樋口君、べつに勝つ必要はない。若い女の職人が、けなげに善戦しているだけで、視聴者は味方につくだろう。奥山堂にとってはそれで充分なのだ」

そういうことなのか！　自分は技術を認められて出場が決まったのではない。女だからなんだ。だったら――と考える。

「はい」

とワコは社長に返事した。――だったら、肚《はら》の括《くく》り方もあるというものだ。ただし、〝けなげに善戦しているだけ〟のつもりはない。やるからには勝つ！

「収録開始一分前。出場選手以外は作業エリアからハケてください」

スタッフから指示が飛ぶ。

「では、しっかりな」

社長がひと声かけて去っていった。

〔いざ勝負！　和菓子職人対決〕という巨大な文字が並ぶボードの前に、腕組みして立つよう番組スタッフから指示される。鶴ヶ島もワコの隣に腕を組んだポーズで立った。ワコが照れ笑いを浮かべると、「にやつかないで！」とスタッフに叱られた。鶴ヶ島のほうは怒ったような顔で真っ直ぐ前を向いている。

改めて広いスタジオを見回す。天井にある無数のライトにワコは照らされていた。前方には、抽選で選ばれたという百人の観客の席が埋まっている。選手関係者の応援席も設けられていて、そこには高垣をはじめ、作務衣姿の曽我、浜畑の姿がある。勤め先の弁当屋を休んだ浅野、それに小原も来てくれていた。父は仕事で来られないと言っていた。母はとても心配で見ていられないから、とやってこなかった。別にそれでいい。呼ばなかったことで、あとで揉めたくなかったからそうしたまでだ。残念なのは美代子伯母に応援に来てもらえなかったことである。パートのシフトの都合だという。「テレビで観るからね」と言ってくれた。

「五秒前！」スタジオ中にスタッフの声が響き渡った。「四、三……」まで読み上げられたが、「二、一」は発声されず、スタッフが手で合図を送った。

派手な音楽とともに大型モニターにタイトルが現れる。

「皆さんこんばんは。『いざ勝負！』です。今夜は和菓子職人対決であります」

大型モニターに、ヘッドセットを装着した顔の細長い局アナ男性の姿が映し出された。

「笹野庵のベテラン職人鶴ヶ島選手と、奥山堂の若き女性職人樋口選手が卓越した技を競う二番勝負です」

ボードの前に腕を組んで立つ鶴ヶ島と自分がモニターに映る。

「いざ尋常《じんじょう》に勝負勝負!!」アナウンサーの雄叫《おたけ》びに呼応して観客から、「勝負勝負!!」の声が上がった。

「それでは第一ラウンド開始！」

ゴングが鳴り響き、ワコは小走りに、鶴ヶ島はゆっくりと作業台へと向かう。

ワコは手鍋にグラニュー糖と水を加熱しながら着色する作業から始めた。和菓子勝負とはいえ今日つくるのは、工芸菓子だ。飴《あめ》や砂糖など菓子の材料を用いるが、あくまで装飾のための細工物である。いかに写実的に、いかに芸術性豊かに表現できるかで評価される。

「一ラウンド目のテーマは、観賞用の鉢植えの木。そう、盆栽であります」

制限時間は一ラウンド、二ラウンドともに二時間ずつ。すべてを撮影し、あとで放送時間の一時間半に編集するそうだ。

「両選手の気迫がスタジオ中に満ちてゆくようです」

モニターに鶴ヶ島の作業する手もとの様子が映し出された。ワコはそれをちらりと見やる。雲平《うんぺい》を薄く伸ばして型抜きしていた。なにかの葉をつくっているようだ。鶴ヶ島は悠々と作業を進めていた。生菓子に対して、乾燥させた和菓子が干菓子だ。干菓子には、まず代表格となる打ち物と呼ばれる落雁《らくがん》の類がある。それから砂糖や砂糖蜜をかけてつくる金平糖《こんぺいとう》などの掛け物。そして煎餅《せんべい》などの焼き物だ。雲平は打ち物菓子の一種である。きめが細かく、葉や花弁に適していた。乾きが早く、作業性はよいが、とにかく割れやすい。しかし、鶴ヶ島の手さばきは見事である。

自分は餡平《あんぺい》で木の幹をつくっていた。餡平は、砂糖、餡、小麦粉、餅粉などからできている。雲平に比べ頑丈で、ひびが入りにくく、樹の茎、幹などに向いている。艶が出やすいことから、盆栽の器もこれでつくった。続いて、飴で細い針葉樹の葉を枝に貼り付けていく。組み立ては蒸気だ。蒸気をあてると、艶が出、やわらかくなり、のり状になったところでくっ付ける。

「両選手ともに徐々になにをつくっているか、それが明らかになってきています」

そう、鶴ヶ島はもみじをつくっているようだ。ワコは松をつくっていた。それは、単に本物そっくりであればよいというわけではない。質感や色合いの細部に和菓子であることが求められるのだ。見る人の心は、菓子でできているのを知ってこそ圧倒される。

終了のゴングが鳴った。アナウンサーが鶴ヶ島の作業台に向かう。

「鶴ヶ島選手、これはもみじですね?」

「見たとおりもみじだ」

鶴ヶ島のもみじは青々として涼しげな、姿のよいもみじだった。根づいている土には、緑の苔《こけ》まで配されている。

「とてもお菓子でできているとは信じられません。素晴らしいです」

「それはどうも」

彼としてはせいいっぱい愛想よくしているのだろう。

男性アナが今度はワコのほうにやってくる。

「樋口選手は松です」

「ええ」そっけなく応えていた。——いけない、ツルさんの不愛想が移ってしまった。

「工夫されたところは、どの部分でしょう?」

「幹の太さと、根元に力強さを出したいと思いました」

根元には玉砂利を敷き詰めている。

「第一ラウンドでは、両選手に照明を使った演出をしていただくことになっています」

照明が消えてスタジオが真っ暗になった。鶴ヶ島のもみじがライトアップされる。すると、「おお!」客席から声が上がった。もみじの若葉が、燃えるような紅葉に変わっている。それが炎のように闇に浮かび上がっていた。客席から拍手が湧き上がる。

「続いて樋口選手の作品です」

ワコの松が横からスポットを照射された。

「なにも起こりませんが……」

アナウンサーの気の抜けた声が人々の失笑を誘う。次の瞬間、「あれを見ろ！」客席で声がした。「いったいどういうことだ⁉」ざわめきが広がる。

〔いざ勝負！　和菓子職人対決〕というボードの横の壁に龍のシルエットが浮かび上がっていた。鬣《たてがみ》のある長い背中が雲をつくように伸び、鹿のような枝角《えだづの》が突き出た顔が横を向いている。ひげのある口が大きく開いていた。それは、松の盆栽がつくりだした影だった。

客席から再び拍手が起こる。ワコの思惑どおりのものができたわけだが、その一方で強い疑問が湧いてくる。これのどこがお菓子なの？

「さあ、第一ラウンドの結果は――」

アナウンサーの発声で、再び明るくなったスタジオの審査員席に人々の注目が集まる。

「まずは鶴ヶ島選手の得点です」

審査員は、右から華道家の女性、和菓子協会会長、和菓子業界新聞編集長の三人で、それぞれが得点のプラカードを持っている。

「9点、7点、8点で、合計二十四点」

審査員がいったん札を下ろし、「さあ、今度は樋口選手の得点になります」アナウンサーが促すと再びそれぞれが得点を挙げる。

「9点、8点、9点で合計二十六点――第一ラウンドは樋口選手がリード」

鶴ヶ島がこちらを見て、にやりとした。

和菓子協会会長が、「鶴ヶ島選手の作品は店頭に飾ってあれば、その店の職人の技術力を大いにアピールできると思います。一方の樋口選手は、作品そのものの出来栄えもさることながら、仕掛けに驚かされました。スポットライトを当ててショーケースに置けば、道行く人が思わず足を止めるでしょう」そう講評を述べ、両側にいる華道家の女性と業界紙編集長が頷いていた。

収録は昼休みに入り、第二ラウンドは二時間後である。高垣が磨き立てた靴の音を響かせ、応援に来た面々とワコをレストラン街にあるイタリアンに連れていった。

「樋口君には、こういうオシャレな店がいいんじゃないかと思ってね」

ワコのリードで前半を折り返し、高垣はすっかりご機嫌な様子である。小原菓寮の社長と昵《じっ》懇《こん》であるという高垣は、「お父さんに、今度ハーフでもって伝えておいて」と小原に声をかけていた。

「ランチワインといきたいところだが、まだ第二ラウンドがあるし、ここは我慢しよう」

と高垣はノリノリである。ワコは食欲がなかった。できたら、ひとりでいたい。

「ワコ、すごいな。すっかり腕を上げたみたいだな。俺なんて、及びもつかないよ」

そう言ってくる小原に向けて、力ない笑みを返した。勝負を意識して緊張しているのではない。食べることを目的としないお菓子をつくることについて考えていた。

午後の収録が開始される。

「第二ラウンドは『子どもの夢』をテーマに、両選手にお菓子をつくっていただきます」

アナウンサーが、「一歩リードを許す形になりましたが、鶴ヶ島選手はどういうものを?」

とマイクを向けた。

「和菓子で洋菓子をつくる」

ぶっきら棒なその応えに、アナウンサーは目を白黒させていた。

「樋口選手は?」

と助けを求めるように訊いてきた。

「お菓子なので、食べることにこだわりたいです」

ふたり揃っての抽象的な発言に、アナウンサーがまったくやりにくいよなといった顔になる。そこでワコは、さらに一生懸命伝えた。

「お菓子はおいしく味わってもらうことで、人を幸せにします。食べられないお菓子なら、それはお菓子と呼べるんでしょうか?」

アナウンサーが応えに窮し、それでもこの場をまとめなければならず、「それでは、おふたりとも張り切ってまいりましょう!!」明るく声を出した。

そして例の、「いざ尋常に勝負勝負!!」を呼びかける。客席からも、「勝負勝負!!」と煽る声が轟く。

ゴングが鳴った。鶴ヶ島もワコも作業台に向かう。

鶴ヶ島の手もとが映し出された。練り切りでなにか形づくっては、バーナーで炙《あぶ》っている。

しかしワコは、作業台の前でただじっと立ち尽くしていた。第二ラウンドにつくる予定だった工芸菓子のプランはもちろん決めていたし、準備もしてきた。それでも、食べられないお菓子をつくるのがもう嫌になっていたのだ。

客席がざわつく。

「どうしたことでしょう？　樋口選手が作業を始めようとしません」

両手を握りしめ、うつむきかげんでいても、視界の端でスクリーンの鶴ヶ島は常に捉えている。

よし！　ワコは目を上げる。せっかくこうして鶴ヶ島に挑戦するチャンスを得たのだ。自分に嘘をつくことなく、全力でぶつかろう。こうと決めたら、あとは進むだけ。

ワコは水飴を強火で煮詰めにかかる。水飴のみで、水や調味料はいっさい加えていない。

「おっと、樋口選手がアクションを起こしました！」

ワコにしてみれば初めて挑戦することだ。棒の先で、釜から煮えた飴をすくい出す。そして意を決すると、指先で飴に空気を含ませる。火傷しそうに熱かった。それでも、ひるまずに飴を引っ張る。

「樋口選手が行っているのは――」という実況を受けて、「飴細工だ！」という声が観客席から上がった。

「そうです、飴細工です。樋口選手の一瞬の手の動きで、飴が動物や鳥へと姿を変える様子は、まるで手品を見ているよう」

ワコは鋏《はさみ》で切り込みを入れ、ユニコーンの鬣《たてがみ》をつくる。刷毛《はけ》で角の先を黄色く染め、赤い目を入れた。時間の許す限り、ワコはつくれるだけ飴細工をつくることにした。指の腹が真っ赤になったが構わない。もちろん、着色には合成着色料ではなく、天然素材を用いている。お菓子は大人も食べるが、子どもの口に入るもの。どこまでも安全でなければ。

終了のゴングが鳴り響いた。

「さて、第一ラウンドの勝者である樋口選手の作品です」

アナウンサーがやってきた。

「ご覧ください、色とりどりの飴細工です」

兎《うさぎ》、キリン、オウム、朱鷺《とき》の翼にも鋏で細かい切り込みを入れた。飴細工の棒を飾り台に立てて並べている、ただそれだけだ。ペンギン、金魚、オットセイ、フラミンゴ、虎《とら》、犬に馬に猫、いったい幾つつくっただろう。

「これは楽しい！」

盛り上げようとアナウンサーははしゃいだように言うが、客席の反応は今ひとつだった。ふと見やると、客席で高垣も不安げな表情を浮かべていた。

「続いて鶴ヶ島選手の作品です」

彼の作業台にはお菓子の家が出現していた。

「これは！」

チョコレートウエハースの屋根には、クリームと砂糖の雪が積もっている。クッキーのレンガを積んだ壁。窓は飴でつくったステンドグラスである。軒先からは、やはり飴のつららが下がっていた。そして洋菓子に見立てながら、これらはすべて練り切りや雲平、餡平でできているのだった。

「鶴ヶ島選手、和菓子で洋菓子をつくるとはこのことだったのですね！」

アナウンサーはワコの時と違い、もはや心置きなくハイテンションでしゃべれるようだ。

ツルさん、意外にメルヘンチックなところがあるんだ。ワコも思わず笑みが浮かぶ。

「それでは結果発表です。まずは、樋口選手の飴細工——」

華道家が8点、和菓子協会会長が7点、業界紙編集長が8点のプラカードを挙げた。

「続いて鶴ヶ島選手のお菓子の家は——」

同じく、10点、9点、10点の札が挙がった。

「二番勝負の得点を合計すると樋口選手が四十九点、鶴ヶ島選手が五十三点。よって勝者は鶴ヶ島選手！」

収録が終了すると、高垣は無言のまま不機嫌そうな表情でひとり先に帰ってしまった。どうやら〝べつに勝つ必要はない〟というのは、言葉そのままではなかったらしい。

ワコは作業台を片付け始めたが、ふと気がついて客席のほうに向かう。

「よろしかったら飴細工、召し上がっていただけますか？」

食べてもらってこそのお菓子だ。

客席から歓声が上がり、人々が階段状の観客席を続々と下りてきた。そして、ワコのつくった飴細工をひとつずつ手にする。

「こうして近くで見ると、すごくきれいだな」とか「食べるのがもったいない」という声がする。これに対してワコは、「食べてください。そのためにつくったので」と言葉を返す。

「おいしい！」「上品な甘さだ」「きれいだし、おいしい」そんな感想を耳にして、ワコは幸せな気持ちになる。

「スタッフの皆さんもどうぞ」

「これはどうも」「お相伴にあずかるかな」スタッフも飴細工を手にし、食べ始める。彼らが笑顔になった。

「なんか懐かしい味がするな」スタッフのひとりがそう口にする。

「水飴だけのシンプルな味わいです。あたしも子どもの頃、こういう飴細工を食べました」

お菓子の風景が見られるだろうかと、試しに味わった飴細工だった。残念ながら、なにも目にすることはできなかったけれど。

「菓子は食うもの、か」

隣りに立ったのは、やはり鶴ヶ島だった。

「ツルさんは、やはり技術の確認でこの番組に?」

「ほかにどんな目的がある」

自分の目的はおカネだった。こちらを見下ろしていた鶴ヶ島が、事情を察したように鼻で笑った。そのあとでこんなことを告げる。

「おまえ、意地っ張りだな。それは、もう充分にいい職人てことだ」

はっとしているワコに背中を向け去っていった。

呆然と鶴ヶ島を見送っていたら、曽我が歩み寄ってくる。

「ワコ、おまえはすでに自分がつくりたいお菓子をつくっているんじゃないのか？」

「いいえ、まだです」きっぱりと言い放つ。「退職したいと工場長にお伝えした時、〝もうひとつ教えていただきたいことがあります〟と申し上げました」

「ああ、そうだったな」


六年間勤めた奥山堂を退職する。いろいろなことがあった。鶴ヶ島、小原、浅野らとの出会いと別れ。そして自分も今、ここをあとにする。浜畑が、花束を手渡してくれた。一方で、「ワコさんには、もっといろいろ教えてもらいたいことがあったんです」いつの間にかそんなことを言ってくれる後輩たちもできた。作業場で別れを惜しんだあと、ワコは曽我の執務室にいた。それは六年前、初出勤した日のように。

「ぜひ、味見していただきたいお菓子があるんです」

ワコは小皿を机の上に置いた。

「ほほう、どら焼きか」

曽我が椅子に座ったまま上目遣いにワコを見、皿からどら焼きをひょいと取り上げてふたつに割った。断面を眺めてから、ひと口齧《かじ》った。目を閉じて味わうように嚙んでいた。ぱっとまぶたを開くと、口の中のどら焼きを飲み込む。もうひと口、よく味わっていた。

「少しは近づけたでしょうか？」

ワコは訊いてみる。自分が奥山堂のどら焼きを食べた時、こんこんと湧く清水が見えた。どこまでも澄んだ、けれど冷たい湧き水の風景が——。ワコは、あのどら焼きを曽我がつくったと思っている。もう一度味を確かめたくて、奥山堂を後日訪ねた。しかし、食べたどら焼きに風景は見えなかった。「店売りの桜餅の出来ばえが今ひとつだった」と言い、工場の皆に見せるために桜餅をつくったように、曽我はごくまれに自らお菓子をつくることがある。あのどら焼きは、そんなふうにして生まれたものだろう。

「違うな」

と曽我が応える。

「やはり……」

ワコは肩を落とす。持てる力の限りを尽くしたどら焼きだった。だが、なにかが違う。

「ツルがこしらえたどら焼きを再現しようとしたのだな」

あのどら焼きは、鶴ヶ島がつくったものだったんだ！

「ツルはお菓子をつくることに、真っ直ぐでひたすら透明な心を持っている。そして、厳しさを。やつの気持ちがそのまま表れたようなどら焼きかもしれない。もしも、お菓子を食べて風景が見える人間であれば、そうした清々しい景色が見えるだろう」

「お菓子を食べて風景が見える⁉」

思わずそう口走っていた。

「そんな噂《うわさ》を耳にしたことがある。職人の中にも、わずかだがいるらしい。もっとも私には見えんがね」

ワコは、見えることを伝えなかった。自分程度の職人が、口にしてはいけない気がした。きっと、まやかしに思われる。

「お菓子づくりに対していかに一途であっても、そしていくら努力を積んだとしても、奥山堂の製法にのっとってどら焼きをつくっている以上、ツルのどら焼きにはならない。やつは禁を犯し、勝手なやり方でつくったどら焼きを店に出していたのだ」

「では……」

「今のおまえが、それをあえて真似《まね》る必要はない」

第六章　桜

1

「かわもとを再開します」父と伯母には直接会って、それを伝えた。

『いざ勝負！』で鶴ヶ島には敗れたけれど、高垣は出演料と合わせた退職金の二百万円を約束どおり支払ってくれた。ワコには貯金が二百万円あった。この貯金はなんのためにしていたのか？　やはり、自分の店を持ちたいとぼんやり考えていたのだ。そこに武史が、「お母さんには内緒だぞ」と、へそくりの百万円を出資してくれた。

「大丈夫なの？　今、大変な時なんでしょ」

「だから言ってるだろ、お母さんには内緒だって」

武史は味和産業を退職したばかりだった。味和産業のきんつばのフィルム包装に印字する賞味期限の日付を、工場で誤って納品日にしてしまった。抗議の電話が客先からかかってきて発覚。さっそく一万個のきんつばを回収し、武史は廃棄を命じた。きんつばの賞味期限は三十日。確かにもったいないし、大きな損害だ。しかし、あとあとトラブルが生じては、取り返しのつかないことになる。それこそ、もっと多大な損害を出す恐れがある。「なにより、一度納品した商品を差し戻され、それを再度お客さまに納めることはできない」と父は即決したのだ。ところが現場の判断で、戻ってきたきんつばのフィルムを剝がし、修正した賞味期限で包装し直して再度納品した。だが、このことが外部に違った形で漏れてしまった。いわく、味和産業は和菓子の賞味期限を改ざんしていると。父は、その全責任を負ったのだ。

「会社員人生を送ってきたお父さんとしては、自分の腕で一本立ちしようとするおまえが眩《まぶ》しいよ」

武史がそう言って笑った。

美代子は、「おじいちゃんも喜ぶと思うよ」と、徳造が遺《のこ》した家と土地を担保に銀行から融資を受けることを勧めてくれた。けれど、断った。そして、政策金融機関から創業者向けの開業資金・運転資金の貸付を受けることにした。手持ちの倍まで貸してくれる。これでなんとか、一千万円を用意することができた。とはいえ、大きな借金を背負ったのだ。それを思うと、身が引き締まる。……というより震える。

「〝お客さまは来てくださらないもの〟〝お取引先は売ってくださらないもの〟〝銀行はおカネを貸してくださらないもの〟──そういう〝ないない尽くし〟から商いは出発するの」

開港楼の志乃から、そのように商売の厳しさを説かれる。

ワコは中町に菓子舗かわもとを再開するにあたり、地元牛鍋屋の老舗に挨拶に出向いていた。

「で、どのあたりにお店を出すの？」

と彼女に訊かれ、「以前と同じ場所です」と応える。

中川に面したあそこだ。入っていた電器屋が廃業し、貸店舗になっていたのである。もとからワコが菓子職人になることに反対だった母は、それを知ってさらに反対した。「あの辺は、商売に向いていない土地柄なのよ。だから、電器屋さんだって潰れちゃったんじゃないの」と目を釣り上げた。

「そう」と志乃が感慨深げな表情をした。「トクちゃんと同じ場所に店を出すのね」

開港楼を辞して、自分の店となる貸店舗に向かう。自分がお菓子屋を開くとしたら、ここ以外には考えられなかった。

希望と不安を胸に店舗を見上げていたら、「よお、ワコ」と声をかけられる。振り返ると、高級そうな外車が停《と》まっていた。シルバーのセダンで、運転席に座っているのは、「陽平！」そう、井手田陽平だった。同級生の彼も当然のことながら二十六歳になっている。

車から降り立った陽平は、やはり高級そうなライトグレーのスーツをぴしっと着ていた。

その変貌ぶりに言葉を失っているワコに向け、彼がにかっと笑いかける。

「おまえ、いよいよ和菓子屋を始めるんだってな。この間、美代子おばさんと行き合った時に言ってた」

「うん」と応えたあとで、やっと訊く。「そっちは、いったいどうなってるの？」

「暑いし、車で話さないか」

彼が助手席のドアを開けてくれ、ワコは涼しい車内のゆったりとした革張りのシートに身を固くして座った。

「この辺を少し走ろう」

陽平は車を発進させた。エンジンが静かで、車は流れるように動き出す。

「鎌倉こんにゃくなんて、それらしいブランド名をつけさえすりゃあ売れるわけじゃねえって反省したんだ。こんにゃくに、鎌倉らしいなにかを混ぜられないかってな」

そして、たどり着いたのが鎌倉の海でとれる天然ワカメだった。風味がよく、国産原料のこんにゃくとの相性は抜群だった。

「畑でとれるこんにゃく芋と、海でとれる風味豊かなワカメを原料とした、陸産物と海産物という自然の恵みの融合ってわけだ」

田楽こんにゃく、うどんこんにゃくなどラインアップも充実させた。そんな時だ、常盤百貨店本店の催事主任が、横浜店の地下食品売り場の主任に異動になるからリニューアルに当たって、「きみ、やってみるか?」と声をかけてくれたのだ。それで四坪ほどの、冷蔵ケースを二本入れると終わりといった店を出すことにした。

「グランドオープン当日、マスコミが大勢詰めかけてるんだけど、俺のところには誰も来ない。ところがさ——」

たまたま通りかかった朝ワイドの取材班が、気まぐれにマイクを向けてきた。陽平は、鎌倉こんにゃくを懸命にピーアールした。そして、レポーターが田楽こんにゃくを持って帰った。するとドラマの番宣でゲスト出演していた若手俳優が田楽こんにゃくを試食して、〝うまい！〟って激賞したらしい。

「その朝の番組、偶然見たよ」

ハンドルを握っている陽平が頷く。

「ともかくその俳優さんっていうのが、主婦層に大人気でさ。それからは、行列が途絶えることがなかった。店は大繁盛。すぐに小田原《おだわら》のデパートからも引き合いが来た」

赤信号で停止したセダンを、信号が青に変わって再びスタートさせた陽平が言う。

「じいちゃんの葬式に来てくれてありがとうな。あん時は、仕事関係の弔問客を相手しなくちゃならなくて、おまえと話ができなかったけど」

義男が脳出血であっけなく亡くなったのは、昨年の夏のことだ。

「もうすぐ一周忌だね」

開港楼から歩いてくる途中、井手田食品の前を通った。戸を開け放って仕事をしている陽平の父親に向けて挨拶はしたけれど、いつも椅子を出して通りを眺めていた義男の姿はない。間宮羊羹のヒントを与えてくれた人だ。

「鎌倉こんにゃくは研究開発とスタート時点で親父に協力してもらったけど、今は何軒かの業者に発注して量産してる。今日は親父に、うちの会社の役員になってくれって言いにきたんだ。でも、嫌だって断られるんだろうな。自分のこんにゃくをつくりたいって」

ハンドルを操作しながら陽平が言う。
「おまえ、自分の店をやるんなら、まずは店の顔になる商品を開発しろ」

和菓子屋の作業場と店の比率は、二対一くらいが丁度いいと曽我からアドバイスを受けていた。再開するかわもとは、工房が十坪、お店を五坪とする。店舗の月極《つきぎ》めの賃料は、このあたりで坪一万円くらいが相場だ。物件を借りる保証金のほか、売り場と作業場の内装工事に四百万円かかった。機械や設備は、中古厨房《ちゅうぼう》機器屋を回って、できる限り費用を抑えるように頑張ったが、やはり四百万円かかった。そのほかにも細かい道具などを買い揃えたりで、どんどんおカネが出ていく。資金がぎりぎりなので、凝った内装などできない。壁は白一色で、清潔感にはこだわった。工房とお店は、ガラス窓のある壁で仕切っている。窓から、工房でつくった商品をお店に差し出せるようにした。仕切り壁にはドアがあって、往き来ができる。

住居は、美代子の家に間借りさせてもらう。実家で母からなにかにつけてちくちく言われるのはかなわない。一階の美代子の部屋と襖《ふすま》ひとつ隔てた隣の和室に住まわせてもらう。家賃はもちろん、お店を手伝ってくれる美代子には時給も支払う。徳造の部屋は、ワコにとっては仏間だ。仏壇の上には、和菓子にかかわった徳造と徳一の額に入った写真が並ぶ。そして四十六歳で亡くなった、祖母というにはあまりに若いフミの写真が。フミは目のくりっとした、陽性の顔立ちの美人である。一九七一（昭和四十六）年十一月にフミが逝って、奇《く》しくもその翌月にワコは生まれた。

「開店祝いに伯母ちゃんが看板を贈る」

と美代子が言ってくれた。看板か……ワコはそこまで気が回らなかった。

「前に掲げてた看板は、お店を閉めた時に始末しちゃったから、改めて揮毫《きごう》してもらわないと」

美代子がワコを伴っていそいそと出かけた先は、町内にある書道塾だった。

「ここの先生ね、ハンサムなのよ」

伯母の表情が浮き立っている理由がそれで分かった。木戸に〔榊《さかき》書道塾〕という墨文字の看板が掛かっている。その文字が厳《いか》めしくなく、あっさりしていて好みだった。

木戸から中に入ると、玄関まで飛び石のある狭い前庭があった。木造の家屋は、美代子の家と同じくらい古いが、たたずまいが風雅だった。玄関のチャイムを押したら、間もなくガラリと引き戸があいて、三十代半ばの男性が現れた。長めの髪を無造作に横分けにしている。確かになかなかのイケメンだ。白いシャツにグレーのスラックス姿の彼は、榊章介《しょうすけ》と名乗った。美代子とワコを、そこが教室らしい座卓がたくさん並んでいる畳の広間に通す。ガラス戸の外に中庭が見渡せる。

髪をおかっぱにした、和服姿の女性がお茶を運んできてくれた。きれいな人だった。

「妻の香織《かおり》です」

そう紹介する榊の眼差しが、なんとも愛《いと》しげだった。香織が楚々《そそ》とほほ笑み、去っていく。

その後ろ姿を見送りながら、恋女房というのだろうとワコは思った。今度は榊に向き直ると、おずおず尋ねてみる。

「和菓子店なのですが、どんな文字にしたらいいでしょう?」

隣で美代子は、面白そうな表情で黙っていた。

正座した榊は、背筋の伸びた美しい居住まいで墨を磨《す》っている。沈思黙考していた彼が口を開いた。

「隷書《れいしょ》でいかがでしょう。日本銀行券——つまりお札の券高表示には隷書が用いられています。威厳や重厚さを感じさせる文字です」

榊の発言に、「威厳や重厚さには抵抗があります」とワコは異を唱える。

彼は、ふっと笑みを浮かべ、「まあ、ご覧になってください」と筆を執った。そして、座卓の上に広げた大きな半紙に向かう。そして舞うように、〈かわもと〉と左から右に横書きに綴《つづ》る。その文字は少しも威張ってなどおらず、さらっとしている。まるで木綿の肌触りのように。木戸にあった看板もそうだったが、この人が書く文字は、みんなこうした感じになるのだろう。執着や陰険さとは遠く離れた字だ。ワコはひと目で気に入った。

「こちらを頂きたいと思います」

2

デニム生地の作務衣に黒の細身のパンツ、足もとは黒のレザースニーカーですっきりとまとめた美代子とワコは、九月の第一土曜日の朝九時に新生かわもとを開店した。榊の文字から起こした一枚板の看板が、店先のオーニングの上で初秋の陽を受けている。店内には、奥山堂、小原菓寮、開港楼、鎌倉こんにゃくからの祝い花が並んでいた。

ワコは奥の工房で仕事をしながら、仕切り窓の向こうの店を気にしていた。しかし、まったく客が現れない。時折、美代子がこちらを振り返り、「大丈夫よ」とでもいった笑みを送って寄越す。

しばらくすると、六十代くらいの女性が店に入ってきた。初めての来店客だ。ワコの胸が高鳴る。

美代子が、「いらっしゃいませ」明るい声で迎えた。

「この辺に和菓子屋さんてなかったから、嬉しいわ」

工房でお菓子の個包装をしていたワコは仕切り窓を開け、「今後ともよろしくお願いいたします」と挨拶した。ここに店を出すのにこだわったのは、祖父のかわもとがあったのはもちろんだけれど、客の言葉どおり近辺に和菓子屋がないことも考慮に入っていた。競合店はないに越したことはない。

豆大福とじょうよ饅頭をひとつずつ買っていってくれた最初の客を、美代子は店の外まで出て見送り、「やったね！」のピースサインとともに戻ってきた。

「今の方、藤沢《ふじさわ》さんっておっしゃるんだって。ワコちゃんのお菓子を気に入ってくれて、常連さんになってくれるといいね」

ワコは目の前で自分がつくったお菓子が売れたことに、しみじみとした気持ちに浸る。自分が包餡しただけのじょうよ饅頭を雷門で売りさばき、「おいしい」と言われた時には確かに嬉しかった。だが自分の店で、すべて自分がつくったお菓子を買ってもらうのは、こんなにも幸福感に包まれるものなのか。

するとまた店のサッシ引き戸があいて、男性と女性のふたり連れが入ってきた。その姿を見て、ワコは慌てて店に出ていく。

「榊先生のおかげで、よい看板ができました！」

深く頭を下げた。隣で美代子もお辞儀している。

「開店おめでとうございます」榊が一礼する。隣で香織も、「おめでとうございます」とお辞儀していた。ふたりとも顔を上げると、品よくほほ笑む。本当にお似合いのご夫婦だ。

和服姿の香織が、「書道塾の生徒さんにお出しするお菓子を買いに伺いました」と言う。

「雲平などいかがでしょう」

とワコは勧める。和菓子は季節を表現する。今は、いちょうやもみじの葉、どんぐり、きのこなどの吹き寄せだ。

「では、それを頂だいします」

と香織が応じ、美代子がいそいそと包装する。店の袋や包み紙にも、榊の文字の店名が印刷されていた。

「お店のほうが落ち着いたら、あたしも書道を習いに行きたいです」

ワコは以前からそう考えていた。

「書に関心があるのですか？」

榊に訊かれ、「お客さまのご要望で熨斗紙《のしがみ》に書く字が、あまりに下手だと恥ずかしいので。それに書を習うことは、お菓子づくりにもいい影響があるはずです。美しい文字を書こうとすれば、感性も磨かれます」と返した。

開店初日は、もの珍しさからかそれなりに買い物に来てくれるお客があった。陽平の父や開港楼の志乃も顔を出してくれた。しかし二日めからは客足が、がくんと落ちてしまった。最初からいきなり売れるものでもないということか……。

来店する客からは「どら焼きありますか？」「羊羹ないんですね」という声を多く耳にした。どちらも、お菓子の定番だ。置かないことが、売り上げに響いているのは確かである。しかし、自分がお菓子職人になるきっかけとなったのが徳造のどら焼きだ。そこにたどり着けるまで、店売りをする気になれなかった。羊羹も同じだ。店に出すのは、間宮羊羹と決めている。そうでないどら焼きと羊羹は、ワコにとって中途半端なお菓子でしかないのだ。「おまえ、意地っ張りだな」鶴ヶ島の皮肉な笑みが目に浮かぶ。

店の定休日の水曜、東京にやってきたついでだという安住と交水会倶楽部で会った。

「間宮羊羹の情報を伝手《つて》をたどって問い合わせてはいるのですが、なにしろ昔の話なので、どうにもなかなか……」

数に限りのある間宮羊羹は、船上で早い者順に受け渡していた。配給される数は、艦の規模によって決められている。とはいえ、数に限りがあるからすべての艦に行き渡るわけではない。運よく手に入ったとしても、ひとりにあてがわれる分は薄いぺらぺらの一片だ。

「食べたかどうかの記憶さえ曖昧な者が多くて。よしんば口にしていたとしても、わずかな羊羹の味まで覚えているかというとねえ。これまで聞けた感想といえば〝甘かった〟〝うまかった〟〝故郷《ふるさと》を思い出した〟といった程度です」

「お手数をおかけします」

「いやいや」と安住が手を左右に振る。「私も、ぜひ間宮羊羹を再現していただきたい」

祖父のどら焼きの餡子は間宮羊羹だって決めつけたけど、そこが違っていたら……。そして間宮羊羹の情報にしても、まるでないのだ。ふと思いついたことを口にしてみる。

「これまで安住さんに、間宮羊羹を食べたことのある人について、聞いていただいてました。間宮で羊羹をつくっていた方々のお話を聞くことはできないのでしょうか?」

すぐさま安住に、「それはできません!」と、強く拒絶されてしまった。

「なぜでしょう?」

「できないから、できないと申し上げている」

取りつく島がない物言いに、戸惑う。安住を、間宮羊羹の味を求める同志なのだと考えていた。しかし勝手な思い込みで、彼にしてみれば迷惑だったのかもしれない。

「樋口さん」と改まった声を出した。「私は確かに間宮に乗艦していましたが、途中で陸《オカ》に上がり、海軍通信学校で指導に当たるようになりました。間宮を待つ運命について、私は直接かかわっていないのです」

彼の表情は暗く、重たい。当事者ではないが、安住はその運命とやらを知っているのだ。だが、話すつもりはないようだった。安住のその表情が、間宮の行く末を暗示している。

気まずい空気が漂い、それを打ち消すように彼がことさらな笑顔をつくって言う。

「向こうが透けて見えそうな間宮羊羹を食べた者の感想が、〝故郷を思い出した〟では手の打ちようがありませんな」

故郷……。それは、あまりにも漠然とした言葉だ。

「故郷といえば、こんなことがありました。間宮の乗員のひとりが、〝戦地の兵隊さんに見せてやってほしい〟と、家族の女性から桜の枝を預かったんです。蕾だった桜は戦地に到着する頃、満開になりました。故郷の春の風景を見せたかったんでしょうな」

はっとする。どら焼きを食べた六歳の自分は、「ワコ、目を閉じてみろ。なにか見えないか?」と徳造に問いかけられた。ワコは目を閉じる。思わず、「春!」と応えていた。買ってもらったばかりの赤いランドセルを背負い、走り出す自分の後ろ姿が見えたからだ。ワコが走っているのは、満開の桜並樹の下だった。

第七章　末期《まつご》

1

間宮羊羹を食べた人の感想に〝故郷を思い出した〟があった。故郷とは、桜の風景ではないのか――。

安住と別れたあとワコは、かわもとの工房でさっそく少量の餡子を鍋で炊いた。その際、桜の花びらの塩漬けを入れてみた。桜の塩漬けを湯洗いして加えると、鍋の中で餡子に花が咲いた。

味わってみると……どうだろう？　これでいいのだろうか？　と、すぐに迷いが生じてしまう。桜を加え、通常どおりの餡子の炊き方をしているだけで、間宮羊羹の餡子にはならないのではないか……。

それからたちまち一週間が過ぎた。毎週水曜の午後一時、ワコは榊書道塾に通うようになっていた。

稽古を終え、道具を片付けるとお茶の時間になる。香織が現れ、お茶とお菓子の支度をする。お菓子が、いつもかわもとで求めてくれたものなのが嬉しい。今日はかりん糖だった。一緒に稽古を受ける人たちが皆、おいしいと食べてくれることに無上の喜びを感じる。

「ひどい癖字の手紙をもらったとしましょう」お茶の時間には、榊が必ず書と文字に関する話をした。「我々はそうした時、字形としては不明瞭であっても、文の前後関係の中にそのくぐもりを見つけます。そして、たとえば〝は〟や〝な〟という文字を判読するのです」

くぐもり、という言葉がワコを捉えた。

「我々が規範と考えている仮名文字にしても、〝は〟という字の背後には〝波〟という字がくぐもり、〝な〟には〝奈〟がくぐもっています。さらには楷書体〝波〟〝奈〟成立以前の歴史がくぐもっているのです」

おじいちゃんのどら焼きの餡子が、間宮羊羹をベースにしていたとしよう。それなら、あたしが見た風景が、間宮羊羹へと導いてくれないだろうか？

徳造のどら焼きを食べた時に見えた風景の中には、桜がくぐもっていた。そうして自分の中に広がった風景の向こうには、まだなにかがくぐもっているはずだ。それを見つけ出さなくては……。

翌朝、ワコはいつもどおり六時半に工房に行くと、手鍋で粒餡を炊き始めた。間宮羊羹の餡子は、兵隊さんの嗜好《しこう》に合わせてつくっているはず。身体を使う労働に従事する人たちが多く利用する食堂の味つけが濃いように、甘味が強いはずだ。間宮羊羹がベースとなる餡子を用いたどら焼きをおじいちゃんがつくっていた時代、中町は工場街だった。やはり、身体を使う労働者が客層ということだ。ここでも符合する。

給糧艦間宮では、砂糖の積載量に制限があっただろう。砂糖を抑えるため、煮詰めることによって糖度を上げたのではないだろうか。水もあまり使えなかったから、渋切りの数も少なかったはず。

六歳の自分がどら焼きを食べ、映った風景に海がある。波がまたゆっくりと波を押すような大海原の景色。

間宮では、砂糖の不足を補うために塩を使ったのではないだろうか。海のイメージが塩だったとしたら——そう考えたのだ。

桜の花の塩漬けをひとつまみ湯洗いして鍋に入れた。さらに塩を加えてみる。味見してみると、「うーん……」やはり、桜の花も湯洗いしたとはいえ、塩漬けだから、それと相まって塩分が強すぎる。

やはり、海は間宮のイメージでよいだろう。塩を加えずにもう一度つくりなおした。桜の花が、なんともよい香りづけになる。〝春〟は桜の花、〝海〟は給糧艦間宮——これが今、あたしの考える間宮羊羹だ。

この羊羹を、間宮羊羹の味を知る人に食べてもらえないか？　せめて味に近づいているかどうかでも知りたい。

その日の閉店間際、現れた年配の男性の姿を目にして笑みがこぼれた。

「安住さん！」

「やあ、樋口さん。一度どうしてもあなたのお店を訪ねたくてね」

一ヵ月ほど前、交水会倶楽部で会った時には少しぎくしゃくしてしまった。安住は気にかけて、こうして訪ねてくれたのかもしれなかった。

「いいお店だ」彼が店内をゆっくりと見回して言う。「ところで桜の風景の件、なにか進展はありましたか？」

「自分なりに考えた、間宮羊羹の試作品をつくってみました」

「それは素晴らしい！」

やはりこの人は同志なんだ、とワコはほっとする。

「ところで先日、講演をしてきたんですよ。私は戦後、電気通信会社に勤務し、コンサル技術者としてインフラ建設に携わってきました。その会社から、同族資本にある企業の集まりで、海軍時代の話をしてほしいと依頼があったんです。もちろん戦争体験を語り継ぎたいという思いもありましたが、間宮羊羹について参加者から情報が得られるのではという目論見《もくろみ》があって引き受けたんです。講演題目も『給糧艦間宮　一電信兵が見た戦場』としました」

ワコは胸がいっぱいになる。

「講演後の立食パーティーで、グループ外から招待客として参加していたある人物が話しかけてきたんですな。〝海軍は、補給や護衛を軽視した戦線拡大を行った。伝統ある組織は、過去の成功体験に引きずられて肥大化し凋落《ちょうらく》する〟と。私の講演内容は、いたずらに海軍を賛美するものでも批判するものでもなかった。けれど、いきなりの尊大な発言を無礼に感じたものです。すると彼が、今度は急に打ち解けた笑みを浮かべて言ったのです。自分も間宮に乗っていたのだと」

「給糧艦間宮にですか⁉」

焦って尋ねたら、安住が気を落ち着かせるかのようにゆっくりとした口調で返す。

「その人物は、間宮で川本に会ったと言っていました」

ワコは緊張して息を呑んだ。

「実際に間宮羊羹を食べたとも」

それを聞いて、小さく息をつく。しかし間宮の乗務員は、間宮羊羹を口にしないというのが不文律だったはず……。

「彼の名前は赤丸紀誉彦《あかまるきよひこ》。コンビニチェーンのレッドサークルホールディングス会長です。彼は、私と入れ違いに間宮に乗艦したのです」

ぜひ会いたいと安住に頼みこんだ。「赤丸会長はマスコミ嫌いで、人前にもめったに姿を見せないそうです。パーティーで立ち話をしている時、周囲から好奇の目が向けられるのを感じていました。彼が現れたのは、題目の〝間宮〟に興味を抱いてだと考えます。であるなら、川本の孫のあなたにも会いたいと思うかもしれません」――そして彼は、十二月の第一水曜日に赤丸との面会の約束を取り付けてくれた。

約束の午後五時の少し前に、虎ノ門にあるレッドサークル本社ビルの一階受付カウンターで名乗ると、ロビーの椅子に掛けて待つように言われた。

間もなく、「樋口さま」と、椅子に座っている自分のところに、受付にいた女性のひとりが呼びにきた。彼女に案内され、脱いだコートを腕に掛け、一張羅のスーツを着込んだワコはビルの奥へと進む。エレベーターホールがあったが女性は立ち止まらず、その脇にある無機質な通路を歩いて、突き当りの非常口の扉から外に出た。そこは、中庭だった。日没はすでに過ぎている。鬱蒼《うっそう》と立ち並ぶヒマラヤスギの間を縫うようにつくられた小道に点在する照明灯がなければ、真っ暗なはずだ。都心でありながら森にさまよいこんだようだった。樹々の間から、赤い瓦屋根に土壁の平屋の洋館がひっそりとたたずんでいるのが見えた。小さいが瀟洒《しょうしゃ》な建物だった。入り口の前に、黒いスーツ姿の若い男性がひとり立っている。受付の女性が、ほほ笑んでワコを促した。すると男性が無言のままで、心得たように重厚な木の扉を開く。受付の女性がビルのほうへと引き返していき、ワコは男性とともに洋館の中に入った。土間のような空間の奥に、明り取りのあるドアがある。その手前にクロークのようなカウンターが設けられていた。男性が荷物を預かるという仕草をし、ワコは抱えていたコートとバッグを預ける。ただひとつ、携えていたかわもとの紙の手提げ袋だけは持って入りたいと告げた。

男性に促され、ドアをノックする。「どうぞ」中から張りのある声がした。ドアを開くと、奥にある暖炉で燃えている火がまず目に映った。部屋の中央に置かれた執務机に、こちらを向いて着席した人物がいる。額の後退した白髪を肩にかかるくらいまで長く伸ばしている。鉤《かぎ》のように鋭く曲がった鼻と、高い頬骨をした顔立ちが高貴だった。濃紺のスーツ姿で、机の下で両手を組んでいる。この人が赤丸なのだ。安住が、「七十四歳になった今でも、代表権のある会長としてレッドサークルの実権を握り、コンビニ業界にとどまらず財界に君臨している」と話していた。

男性に勧められ、赤丸の執務机の前に置かれたアンティークの椅子に腰を下ろす。手提げを膝の上に置いた。ワコは、さりげなく部屋の中を見回す。ほとんどこの部屋のみの建物のようだ。

「大正期の実業家の喜寿を祝し、建設会社の当主が謹呈した建物です」と赤丸が説明した。「洋風数寄屋とでもいいましょうか。廃屋同然だったのを、ここに移築して復元しました」

「趣のある建物ですね」

「あなたとはゆっくり話したかった」赤丸が意外なことを口にする。「しかし、いそがしい身でね」

そして赤丸は、さっそく語り始めた。

「当時十九歳だった私よりもひとつ齢上の川本さんは、常に節度を持った態度で接してくれました」

一九四三（昭和十八）年六月末、間宮は千島列島北部の幌筵泊地《ぱらむしるはくち》に停泊していた。

桜花と錨《いかり》を葉桜で抱いた、抱茗荷《だきみょうが》と呼ばれる金色の帽章の士官帽を被った赤丸は、菓子生産室に入っていく。

「川本さん」

声をかけた相手は、一日の作業を終え、後片付けをしているようだった。

「赤丸少尉、なんでしょう?」

川本が振り返る。

赤丸は、予備少尉である。初級士官の不足を補うため高専を繰り上げ卒業し、「月足らず」と揶揄されながら速成教育を受け、第一線に赴任した。

「艦長が、木村少将へのお土産に金平糖をお持ちしろとおっしゃっています」

赤丸は、加瀬の副官付を務める。

「こちらをどうぞ」

と川本が金平糖の紙包みを差し出す。

「川本さんが士官室までお持ちするように、とのことです」

「わたくしがですか?」

不思議そうにしながらも、川本は自分のあとについて中甲板の通路を士官居住区に向かった。途中、赤丸は振り返って訊く。

「川本さんは、羊羹を手掛けられるのですか?」

「はい」

「間宮の羊羹は、海軍で呼び声が高いそうですね。わたくしも食べてみたいな」

赤丸は士官居住区の突き当りのドアを引き、来賓室に入る。

「おお、川本、久し振りだな」

奥側の席に着いているひげのショーフク――木村がご機嫌そうな笑顔をこちらに向けてきた。加瀬よりも少し齢上だろうか。五十二、三歳といったところ。立派な口ひげが、顔の左右にはみ出している。

横長の机には白い布が掛けられている。向かいに座っている加瀬も、木村も帽子を脱いで卓上に置いていた。鯨肉《げいにく》のカツレツをナイフとフォークを使って口に運びながら、二合徳利《にごうどっくり》の酒を酌み交わしている。ざっくばらんな彼ららしい、気取らぬ晩餐風景だった。

「海兵団長、お久し振りです」

川本が白い略帽を脱ぐと、一礼する。

「傷が癒えたんでな。目のくりっとした、べっぴんの看護婦が海軍病院から通ってきて、〝歩け〟〝身体を曲げろ〟と厳しい指導を受けた。叱咤《しった》、叱咤、たまに激励だ。おかげで、このとおり早々に現場復帰できた」

木村が、呵々《かか》と笑う。

赤丸は木村と加瀬に向かって敬礼し、「わたくしはこれで」と退室しようとした。川本も木村に歩み寄り、持ってきた金平糖の包みを腰を折って両手で差し出す。

「わたくしも失礼します」

木村がそれを受け取りながら、「おまえたち、もう少し話をしていけ」と命じる。

「此度《こたび》、巡洋艦阿武隈《あぶくま》に乗ることを仰せつかった。ひいてはケ号作戦の指揮を執れと」

天窓から残照が射し込み、木村の頰を明るく彩った。

「キスカ島で孤立している五千二百名の将兵を、霧に紛れて全員脱出させる」そこで言葉を区切ったあとで、「ひとり残らずだ」そう力強く付け足した。

「キスカにどの船を連れていくか――真っ先に浮かんだのが加瀬、貴様の間宮だ。間宮には医者もいるし病室もある。なにより、潜水艦で細々と補給を受けているだけの将兵に、一年振りにうまい菓子を食わせてやりたい」

木村が徳利を手にすると、加瀬に向けて腕を伸ばす。

「だが、丸腰の間宮を危険な作戦に参加させるわけにもいかん。この泊地に留まってもらうことにした」

加瀬がにやりとして、猪口《ちょこ》を持った腕を伸ばすと酒を受けた。

「そんなことを言って貴様、船足の遅い間宮が足手まといになると考え、作戦から外したのだろう」

木村がまた大口をあけて笑う。

「そう嫌味を言うな」

すると加瀬のほうは真顔になった。

「軍場《いくさば》に兵糧《ひょうろう》を運ぶのが間宮の任務だ。どこにでも行く。いったん出港すれば、生きて戻るつもりはない。仕事は最後までやり遂げるぞ」

少将の木村と大佐の加瀬。位も年齢も違うが、同期のふたりは対等に話していた。

「ただし」と加瀬がこちらに顔を向ける。「赤丸、川本、おまえたちはべつだ。生きろ。なにをおいても、生きることを優先しろ」


「キスカ島からの奇跡の撤退については、米軍をして〝パーフェクトゲーム〟と称賛させました」赤丸がそう口を開いた。「ショーフクさんは、まさにひとり残らず救出したんです。もっとも間宮は、機動部隊として作戦に参加したわけではありません。後方で給糧を行っただけですが」

「ショーフクさん――」

ワコが思わずそうもらすと、赤丸が意外そうな顔をする。

「おや、ひげのショーフクさんをご存じですか？」

「安住さんからお話を伺いました。ショーフクさんは、祖父が和菓子職人であることに興味を抱いたようだと。お菓子職人であり水兵でもあった祖父を、両者の仲介のような役割を期待して、ショーフクさんは間宮の加瀬艦長に託した、と」

「同じことを、川本さん自身の口から聞きましたよ」

そう返しながら、この話題に赤丸が強い関心を示していないのが見てとれた。先ほどは「私よりもひとつ齢上の川本さんは、常に節度を持った態度で接してくれました」と言ってはいたが、実のところ赤丸は、徳造に対してどんな感情を抱いているのだろう？

そこでワコは、なにより知りたかった質問をする。

「赤丸会長は、間宮羊羹を味わったことがあるというのは本当ですか？」

彼の口もとに笑みが浮かんだ。

「一度だけ間宮でつくられた羊羹を食べたことがあります。川本さんに勧められたのです」


一九四四（昭和十九）年十二月。間宮は単独でフィリピンのマニラに向かっていた。もはや帝国海軍は、間宮に護衛の駆逐艦を当てる余力を失っていた。

午前六時、赤丸はマニラで給糧する羊羹の最終的な数量を伝えに菓子生産室へと出向いた。職人たちは、できた分の羊羹を一本一本竹の皮で包んでいる。稲留は？　と姿を捜すと、川本と並んで作業台に向かっていた。川本がしみじみと彼に語りかけている。

「間宮の主役は二百人の職人です。〝おまえには、職人と兵との橋渡し役になってもらいたい〟と艦長にはお言葉を頂だいしましたが、わたくしは勉強させていただくばかりでした」

すると、稲留に肘で小突かれた。

「このー、〝わたくし〟なんて兵隊みでな口きいでんな。にしゃ、お菓子職人なんだから」

「そうですね。戦争が終わったら、今度こそ本気で修業します。いつか、この羊羹をもとに、どら焼きの餡子をこしらえたいんです。上生菓子はうまくいかなくても、どら焼きならつくれそうです」

ワコははっとする。

「戦争が終わったら、お菓子職人の修業を本気でする。間宮羊羹をもとに、どら焼きの餡子をこしらえたい。――祖父はそう言っていたのですね？」

赤丸が、「いかにも」と頷いた。

やはりそうだった。〝自分が菓子職人として一本立ちできたのは、間宮羊羹のおかげ〟。そして徳造は間宮羊羹をもとに、どら焼きの餡子を考案した。

「トメさんと川本さんが楽しげに話を続けているので、私は声をかけるタイミングを逸して側に立っていました」

「どら焼きか。そりゃあ、いい」稲留がなにか感じ入ったように呟く。「娘が好きなんだ、どら焼きが。幸子《さちこ》に食わしてやりたいな《やっちぇえな》」

「トメさんに娘さんがいたんですか？　所帯持ちだったんですね⁉」

川本が驚いたように訊くが、稲留のほうはそれに応えようとしない。赤丸が不思議に思っているると、今度は稲留が快活に言う。

「上生菓子だって、俺のところに《おらほさ》勉強に来たらいい。おらが仕込んでやっから。そのあと温泉《ゆ》さ浸《つ》がって、イカニンジンで一杯やろうじゃないか《いっぺぇやっぺんねぇが》」

「イカニンジンというのは？」

「まあ、うまいもんだ《うめえがなさ》」

赤丸はそこでついにふたりの間に割って入り、マニラで給糧する羊羹の数を稲留に伝えることができた。菓子生産室を出ていこうとする自分を、「赤丸少尉」と川本が呼び止める。そして、「これを」と、お椀を差し出してきた。

「羊羹です。昨夜、お椀にひとつ流しておきました。以前、味見をしたいとおっしゃっていたので」

「よろしいのでしょうか？」

遠慮がちにしている赤丸に向けて、川本が頷いた。稲留も、まあ、いいだろうと見て見ぬ振りをしている。

お椀の中で光沢を放ちながら静かな水平を保つ羊羹は、内に抱えた蜜があふれ出すのをじっとこらえていた。鏡のように艶《つや》やかで、映り込んだ周りの景色に、赤丸はそっとさじを差し入れる。そして、小さなひと口を含んだ。

「甘い。それに桜の風味がする」自分の目は輝いているだろう。「おいしいです」川本のほうを見て、「おっ母《か》さんにも食べさせてやりたいな」と言った。しかし、急ぎ艦橋に戻らなければならないので掻《か》っ込《こ》むように食べ終える。

――やっぱり桜の味がするんだ！

ワコは動悸《どうき》が激しくなり、息が苦しくなるのを感じながら尋ねる。

「今でも、その味を覚えていらっしゃいますか?」

赤丸がゆっくりと頷いた。

ついに間宮羊羹の味を知る人と出会えたのだ。ワコはかわもとの手提げ袋を、彼に向かって示す。

「間宮でつくっていた羊羹を、あたしなりに再現してみました。味見していただけないでしょうか?」

「お断りします」はっきりと言い切られてしまった。「あのあと間もなく、米軍の攻撃を受けて間宮は沈没しました」

沈没……。それが安住の口にした、〝間宮を待つ運命〟だった。

赤丸が組んでいた両手を解いて、机の上に置いた。その左手は、非常に精巧ではあるが義手だった。

「そして私は、左腕を失った。あの羊羹は、私にとって忌まわしいものになったのです」

同日の二時間後、艦長号令を各作業所に伝えるため、赤丸は通路を走っていた。ダーン! と大きな音がすると、船が揺れる。そして、さらに、ダーン! ダーン! と続けざまに鳴り響く。音がするたびに、船が激しく動揺した。時には、なにかにつかまっていないと、立っていられないほどだった。菓子生産室に飛び込むと、叫ぶように伝える。

「総員最上甲板!」

室内にどよめきが広がる。船が攻撃を受けているのは、すでにみんな知っていたはずだ。総員最上甲板の号令は、乗員を任務から解放することである。

職人らがわらわらと部屋を出ていく。だが、稲留は平然と羊羹の梱包《こんぽう》を続けていた。

「トメさん、総員最上甲板の号令です！」

川本が大声を出す。

「おらはいい。最期くらい、自分《わぁ》の好きにしてえんだ」

こうしている間にも、大音響が船を揺さぶり続けていた。

「最期って……トメさん」

「おら、泳げねえんだ」

「トメさんを抱いて泳ぎます！　任せてください！」

しかし彼は、川本の言葉に首を振る。

「海水浴に行って、溺れてる幸子を目の前に手をこまねえでた。そんじぇ……そんじぇ幸子は……。女房も出ていったし、おらにはお菓子しかねえんだ」

川本には、もはやかける言葉が見つからないようだった。稲留が所帯持ちであることを川本に伝えていなかったわけを、赤丸は理解する。

「せっかくこしらえた《こしゃった》羊羹を捨てて行くくじゅうは、忍びねえがらな」

稲留が作業台の上に積まれた羊羹を愛おしげに眺めた。そして、再び川本を見やる。

「戦があってもなくても、お菓子職人は小豆を煮るだけ。小豆を煮っごどができなぐなったら、お菓子職人じゃねえ」

「戦があろうとなかろうと、鳥は渡るんじゃないんですか、トメさん⁉」

川本が必死に訴える。

「いよいよとなりゃあ、渡り鳥は死ぬのみだ」

稲留は、もはや聞く耳を持たないようだ。

「川本さん！」

赤丸はせかすように大声で呼びかける。

「にしゃは行げ！　幸子が喜ぶようなどら焼きをつくってけろ！」

稲留が言い放つ。また爆音が炸裂《さくれつ》して、間宮が大きく揺れた。川本は作業台の縁につかまり、必死で身を支える。積んであった羊羹が床に滑り落ちた。赤丸は頭を抱えて壁際に、しゃがみ込む。

意を決した川本が、「トメさん、さらばです」帽子を脱いで一礼する。川本と赤丸は菓子生産室を飛び出した。彼がもう一度振り返る。赤丸もそちらを見やったら、稲留が床の羊羹を拾っていた。

ふたりでラッタルを登り、前甲板に出る。

「こ、これは……」

赤丸は声を失った。ブォーーーンというエンジン音を響かせ、航空機が赤とんぼの群れのように間宮の上空を覆っている。甲板上は負傷者でいっぱいだった。火の手も上がっている。生臭い血のにおいと爆炎が入り混じった臭気に、すぐに頭が痛くなった。

「艦長のもとに戻ります！」

乗員らがうろたえている中、赤丸は小走りに中央の艦橋を目指す。川本もあとを追ってきた。チークの床板が血糊《ちのり》で滑る。胴体を離れた腕や手首が散乱していた。甲板上にある救急室には、血にまみれた乗員が投げ込まれたように折り重なっていて、その前にも雪崩のように人があふれていた。そのうちのひとりは、手で押さえた腹から白い腸をはみ出させ、あきらめたように虚空を見上げていた。

すぐ隣にいた兵曹長の顔面を機銃弾が直撃した。もんどりうって倒れた兵曹長は、顎から上がなかった。飛び散った鮮血を浴びながら、死んだのが自分であってもまったく不思議でないと赤丸は思う。生死を分けるのは運だけだ。これまで、自分が死ぬなどと一度たりとも考えたことはなかった。だが、死ぬのはいともたやすい。弾丸が金属に当たる霰《あられ》のような音が、そこらじゅうで鳴り響いている。火を消そうとしたり、怪我人《けがにん》を物陰に寄せようとしている者の姿もあった。しかし、物陰など船上のどこにもなかった。あっても、それは砲弾で壊された。

間宮の周りに無数の巨大な水柱が立っている。一機のグラマンが海面すれすれに迫ってきたので、走りながら振り返る。すると、腹に抱えていた魚雷を投下した。魚雷は海面で一度跳ねると、生き物のように海中を突き進んでくる。次の瞬間、さっきまで自分たちがいた左舷の艦首で爆発が起こった。

「トメさん……」

川本がきつく目を閉じていた。

赤丸は、艦尾に向かって悠然と歩いている加瀬の姿を見つけた。絶え間ない轟音《ごうおん》の中をふたりは急いだ。

頭上を、大きな影が通り過ぎたかと思うと、爆撃機から落とされた爆弾が艦橋を破壊した。大音響とともに壁面が瓦解し、砂塵《さじん》がもうもうと舞い上がる。最上層の操舵《そうだ》室とその下の海図室がむき出しになり、人がこぼれ落ちてきた。

加瀬は後部の士官昇降口から甲板下に降りていく。川本と赤丸もそれに続いた。加瀬が来賓室に入っていくと、川本と赤丸も中に入る。天窓が打ち破られた来賓室は無残だった。絶えず轟音が響き、激しく揺れる室内を、床に散らばったガラスを踏みしめて進む。

加瀬が続きの間の扉の前で、こちらに背を向け立っていた。

「御写真をお守りする」

そこには陛下の御真影が安置されている。艦長としての最後の務めを果たそうとしているのだ。

「川本、赤丸を頼む」

すると川本が絞り出すように、「艦長……」と呼びかける。

「俺には間宮がすべてだ。この船は、俺の城であり家だ」加瀬がこちらに顔を向ける。「いいか、大事なものがあるから、生きる価値が生まれる。おまえたちも生きるに値する大事なものを探せ」

加瀬が室内に入ると、後ろ手に扉を閉めた。

ワコは慄然として聞き入っていた。

「川本さんと私は、再び後部甲板に出ました。甲板上はさらに酸鼻を極めていました。魚雷で打ち破られた艦首は大量に浸水し、すでに沈み込んでいます」

左弦に搭載されているカッターに向かう赤丸の目に、雲の切れ間から姿を現した降下爆撃機が映った。シュルシュルという喉笛を搔っ切るような音がしたかと思うと、今度は大轟音に耳をつんざかれる。落ちてきた爆弾で、カッターは木っ端みじんにされてしまった。近くにいた乗員も一緒に吹き飛ばされ、血煙が舞って肉体のいっさいが一瞬にして消えた。格納庫の壁には、爆風で叩きつけられた別の兵の身体が、薄っぺらい人形《ひとがた》になり、赤黒く貼りついていた。飛び出した目玉が垂れ下がっている。首をすくめた自分らのところにも、金属片が飛び散ってきて、川本の右頰を切り裂いた。

「深い傷で、川本さんは頰を触ろうとして自分の指が口の中に入って驚いていました」

それを聞いてぞっとしながら、この時のものかもしれないとワコは思う。徳造の右頰には、傷跡があった。

「こうなったらと、私たちは八センチ高角砲で応戦することにしたのです。水兵の肉片がこびり付いた銃座で、川本さんが射手《しゃしゅ》となり、私が弾込め役の装塡手《そうてんしゅ》となりました。しかし、川本さんは撃たなかった。次の瞬間、私の左腕は氷水を浴びたように冷たくなりました。それが急に熱くなったのです。見やると、肩のすぐ下で腕がだらんとぶら下がっていました。そう、グラマンの十二・七ミリ機銃弾が貫通したのです」

彼が小さく息を吐いた。

「私は、母ひとり子ひとりの家庭で育った。片腕を失い帰還した私を案じた母は、働き口に困らないようにと戦前からやっていた乾物屋の商売になおいっそう力を入れた。売り場はわずか二坪。私たちふたりで切り盛りし、元日から店を開け、その日の売上金は必ず神棚に供えた。母は客がいない時でも腰掛けることを許さなかった。客がいつ来てもいいように、立って待ちなさいと厳命した。それは、いつ客が来てもいいように朝早くから夜遅くまで店を開けておくことにつながり、今のコンビニチェーンの礎となった」

赤丸が両手を引き下ろし、再び机の下で組んだ。

「母は口を酸っぱくして、商売には謙虚さが必要だと言っていました。あの時もそうだった――」彼が遠くを見つめる目をした。「命中させるには至近距離で撃つ必要がある。下降してくるグラマンが十メートル、すぐに五メートルに迫った。すると、風防ガラスの向こうにいる敵の操縦士と目が合いました。航空眼鏡越しのその目が〝やめてくれ〟〝助けてくれ〟と訴えていた。それで川本さんは撃たなかったのです」

ワコは茫然《ぼうぜん》として聞き入っていた。

「撃《テッ》て！」

突然、赤丸が大声を上げ、びくりとしてしまう。

「私は、川本さんの隣で号令した。だが、彼はそれを無視した。川本さんには、敵に対する謙虚さがなかったのです。やはり謙虚に敵に向かうべきだった。ところが不遜にも、相手に憐《あわ》れみを抱いた。その結果、私は左腕を失ったのです」

赤丸がワコに顔を向けた。

「私があなたに伝えられることは以上です」

これは復讐《ふくしゅう》なのかもしれない、とワコは感じた。わざわざ時間を取り孫の自分に長々と凄惨な場面を語って聞かせることで、赤丸は祖父に復讐しているのかもしれなかった。

だとしても、「教えてください」とワコはすがるように頼んだ。「先ほどのお話の中で、間宮羊羹を味わった感想として〝桜の風味がする〟と。間宮羊羹には、桜の花が使われているのではありませんか？」

彼が口もとを、再びほんのわずかやわらげたようだった。だが、否定も肯定もしない。ワコはさらに問いを重ねた。

「塩はどうでしょう？　砂糖をあまり載せられなかった間宮では、甘味を際立たせるために塩を使ったのではないでしょうか？」

すると、赤丸がこんなことを返す。

「あの船のことをなにも知らんようですね。間宮は砂糖も水も潤沢だった。もちろん、洗濯や風呂の節水は厳守だが、食品製造においてはふんだんに使えた」

「では、羊羹に塩を使っていないと？」

それには応えず、「あなたは、間宮にできないことばかりを考えているようです。間宮にしかできないことを考えなければ」と言う。

「間宮にしかできないこと――」

「和菓子屋をしているそうですね」赤丸がにやりとする。「レッドサークルもプライベートブランドで和菓子の製造販売を始めようと考えています。二十四時間、コンビニで目にした和菓子が買える。串団子も、カップに一個入れて食べやすくする。あなたがつくるような本格的な和菓子とは異なるものかもしれない。だが、饅頭は饅頭です。値段も安くする」

ワコは、スーパーで買った味和産業のどら焼きを食べた時の、値段も安いし、どら焼きはどら焼きであるという自分自身の評価を思い出していた。

すると赤丸が思いがけないことを口にした。

「風景が見えようが、見えまいが、菓子は菓子ですよ」

「なんですって⁉」

「そうした人がいるらしいですね、見事な菓子を味わった時に風景が浮かぶそうだ」

「赤丸会長はご存じなんですか、そういう人を?」

「間宮で、川本さんとトメさんが、そんな会話を交わすのを聞きかじったんです。間宮羊羹を味わった私は、菓子生産室をあとにした。その際《きわ》、トメさんが先ほどのどら焼きの話を蒸し返したんです」

「間宮羊羹をもとに、どら焼きの餡子をつくると祖父が発言した件をですね?」

赤丸が頷く。

「〝そのどら焼きなら、風景が見えるかもしれんな〟とトメさんが言ったんです。〝幸子は、うまいお菓子を食べると、風景が見えるって言うんだ〟と」

「稲留さんの娘さんは、お菓子の風景が見えたのでしょうか?」

「どうやらそういう意味らしいとは、後年になって噂を耳にし、思い至りました」

羊羹の入った手提げを持ち、ワコはやっと立ち上がった。ドアの上を見ると、壁の高いところに額に入った年配女性の古い写真が掛かっていた。赤丸の母親だろう。眼鏡を掛けた優しい面差しの女性で、その写真は赤丸を真っ直ぐに見下ろす位置にあった。ワコは振り返ると、赤丸に向けて一礼し部屋を出た。

第八章　餡子

1

一九九九（平成十一）年一月の松が取れたある日、店の電話が鳴った。美代子が、「ワコちゃん」と仕切り窓越しに声をかけてくる。「お電話。〝交水会から紹介された者ですが〟って」

はっとして、ワコは工房にある子機を手にする。そして、点滅しているボタンを押して保留を解除した。

「代わりました、樋口と申します」

「間宮羊羹について知りでえっちゅうのは、あなたですか《しなだがい》？」

年配男性のしわがれた声が言う。言葉には東北弁のイントネーションがあった。

「はい……。はい！」

ワコは夢中で応えていた。

寒く明るい昼下がり、交水会倶楽部の籐椅子に腰を下ろしていた。ここに足を運ぶのは何度目のことだろう。

「樋口さんがい？」

その声に目を上げると、痩身の老人が傍らに立っていた。頭髪がすっかり抜け落ち、右手に杖《つえ》をついていた。ワコは急いで立ち上がった。

「あなたが――」

と言うと、老人が頷く。そして、「茂木《もぎ》です」と応えた。耳の大きな人で、痩せているせいか、その耳がいっそう大きく見えた。肌が陽灼《ひや》けしている。長年野外で労働してきた人の肌だった。

ふたりは向かい合って腰を下ろした。ワコが、わざわざ福島から出てきてくれた礼を伝える。それに対して茂木は曖昧に応じると、うつむいてしまった。

会話のきっかけをつかもうと差しさわりのないことを言ってみるが、茂木は短く応えるだけで顔を上げようとしない。

ワコは困ってしまった。すると茂木が、出し抜けにぼそぼそ話し始めた。

「あなたのおじいさん《しなだのじいさま》――あの頃と同じように川本と呼ばせてもろうがや」

「はい」

とワコは応える。

「川本は新兵として、おらが乗艦していた日向に配属されだした。その後、間宮に異動になったんだ。そんで間宮が沈没するまで、乗員として過ごした」

　顔を上げた茂木は語り続けた。しかし、視線はワコに向けようとしない。

「フィリピンのマニラへ糧食輸送の途中だった。グアム、サイパン、フィリピンのレイテ島を米軍に占領され、はあ制空権も制海権も失った南シナ海に、たいした武器も持だねえ間宮は護衛艦もねえで出ていったんだ。通常では考えらんにぇごどだった。日本は、はあ刀折れ矢尽きんとしてだ。おらの乗ってだ戦艦日向は、航空母艦が足《た》んにぇがら飛行甲板が設置され、航空戦艦に改装されだ。ほんじゃが、はあ載せる飛行機がねえんだ。代わりにそこさ身を横たえたのは、沈没した間宮から冷《ひゃ》っけえ海に投げ出さっちゃ乗員たちだった」

　ワコは身を乗り出して尋ねる。

「では、茂木さんが乗っていらした日向に、祖父は救出されたのですか？」

　茂木が頷いた。

「近くを航行中だった日向と巡洋艦阿武隈で、間宮乗員の救命活動をした。阿武隈の指揮官はショーフクさんで、自らがカッターに乗り込み陣頭で采配を振るってやった」

「ショーフクさん――」

　もはやワコにとっても耳慣れた人物となっていた。

　茂木がやっと視線をワコのほうに向けると、薄っすらと笑う。

「ひげのショーフクが異名の少将だった。はあ誰かから聞いていっかや？」

「はい」

「んじゃ川本が、日向にいた時のごどは？」

茂木の目に怯《おび》えたような色が浮かんでいた。

「いいえ」

安住から聞いたのは「彼は海兵団で教育を受け、戦艦日向に乗艦したあとで間宮に乗り込むことになったようです」——それだけだった。

茂木がわずかにほっとしたような表情を見せる。しかし、完全には警戒を解いてはいないようだ。

「ショーフク少将の〝ひとり残らず助けるぞ！　ひとりも残さずだぞ！〟っちゅう声が今も耳に残っていんなぁ」

「では、皆さんのおかげで、間宮に乗っていた人たちは、全員助けていただいたのですね」

彼が首を振った。

「間宮は、至近距離から魚雷を受けて沈没した。敵の航空機の波状攻撃で、間宮の艦上は沈む前から地獄絵だったべな。沈没地点におらが到着するまでに六時間以上が経過していだった。弾から逃れた乗員も、冬の海で命を落とした。発見されるまで生きていだのに、引き上げらっちゃ日向の甲板で息を引き取る者も続出したった。安堵《あんど》死つうのがな……」

茂木がうつむき、再び顔を上げる。

「結局、生還できたのは六人のはずだ」

「たった六人……」

ワコが呟くようにそうもらすと、茂木が頷いていた。

「川本も胸に大怪我を負っていだった。至近弾が吹き飛ばした破片を喰《く》らったようだな」

「茂木さんが祖父を救ってくださったのですか？」

「おらは、最初、川本が死んでいると思ったんだ」

ワコははっと息を呑んでから、「その時のことを詳しく話していただけないでしょうか？」すがるように言う。

「彼《あれ》は喉さ詰まってだ血の塊をげぼーっと吐いで、目え開いたんだ。そんじぇ、おらは、〝川本！　川本！〟と必死に呼びかけだった。ほんで、衛生兵に向かって叫んだんだ。〝こいつ生ぎでる！　川本が生ぎでる！〟」

茂木の声がだんだんと大きくなっていった。

「川本は、円形の機銃座にしがみつき、海に漂っていたんだ。機銃座の上には、左腕に深手を負った若《わけ》え見習士官が横たわっていだった」

ワコは思わず目を見開いた。

「その左腕に怪我をした方は、赤丸という名前ではありませんか？」

「んだな、確かに。川本はぼうっとする意識の中で、〝赤丸少尉は？〟と繰り返し安否を尋ねていだったがら。川本は、自分《わー》も重傷を負っているのに冷《つめ》でえ海に浸って、その赤丸っちゅう見習士官を助けようとしていだったんだな」

おじいちゃんは、身を挺《てい》してあの人を助けようとしていたんだ……。

ふたりでしばらく黙ったままで、間宮が沈んだ海に思いをはせていた。そうして、ワコは訊いてみる。

「茂木さんは、間宮羊羹を食べたことがありますか？」

すると、茂木の顔がやっと和らいだ。

「あっこどや」

この人は、間宮羊羹を食べているんだ！　ワコの目は自然と輝く。

さらに茂木が続けた。

「数に限りのある貴重な羊羹を、仲間内で食うようにどって、川本が余分に手渡してくれたんだ。おららは、上官に隠れ夢中でそれを食った。今でも忘れらんにぇな、あの羊羹の味は」

その言葉に勇気を得て、ワコは提案することにした。

「あたし、間宮羊羹をつくってみたんです。茂木さんに味の確認をしていただけますか？」

「ほう」

彼が興味ありげな表情をした。ワコはすかさず、交水会倶楽部のウエイトレスに顔を向けて、「お願いします」と声をかける。間もなく、五センチほどの厚さに切った羊羹が皿に載せられ、抹茶とともに運ばれてきた。ワコは羊羹ひと棹《さお》を預けておいて、頃合いを見て提供してもらえるように手はずを整えていた。

皺《しわ》だらけのぶ厚い右手でつまんだ黒文字で羊羹をひと口大に切ると、茂木は左手を添えつつ大事そうに口に運んだ。そしてまぶたを閉じ、ゆっくりと味わっていた。目をあけると彼が言った。

「これは間宮羊羹ではねえな」

ワコはがくりと肩を落とす。

「桜の味は合ってんな」

茂木がそう付け足す。

「合ってますか⁉」

茂木が頷く。

「んだけど、あとはぜんぜん違うな」

2

「できた！」

工房で、ワコは思わず大きな声を出してしまった。すると、店にいた美代子が、「できたって、間宮羊羹ができたの？」と、仕切りのドアをあけ急いでやってきた。彼女には、以前話したマムロ羊羹が、実は間宮羊羹だったことなどを随時伝えていた。もちろん茂木に会って、自分がつくった羊羹をほぼ否定されたことも。

ワコは作業台を見下ろしている。バットには、上が薄いピンク、下が柔らかな黄緑色の二層から成る羊羹が艶《つや》めいて横たわっていた。

隣りに立った美代子が興味津々といった様子で眺めながら、「これが間宮羊羹？」と訊く。

「残念ながら間宮羊羹じゃないんです」とワコは応える。「間宮羊羹の徒花《あだばな》ってとこかな」

茂木は、桜の味は合っていると言っていた。そこで、桜の花を加えた餡子を使ってさまざまな羊羹をつくってみたのだ。いろんなものを合わせてみた。定番の栗に始まり、梅干し、杏子などをそのまま、あるいは細かく刻んで混ぜる。だが、どれもぴんとこない。道に迷ったワコは、どんどん分からなくなって、抹茶を混ぜてみた。するとおかしな味になってしまった。だが、桜羊羹と抹茶羊羹を別にすればおいしいはずだ。ふたつの羊羹を二層で流し合わせるのだ。両方とも白餡《しろあん》を使えば、抹茶の緑と桜のピンクが映える。

「これ、さっそくお店に出しましょうよ」

と美代子は大乗り気だ。

「菓銘は、そう……」とワコは少し考えてから、「宴《うたげ》、なんてどうでしょう？」と提案してみる。桜を眺めながら抹茶をたしなむ花の宴といったところだ。

「宴か——華やかでいいじゃないの」

美代子が目を輝かせた。

徒花、などと言ってはみたが、店頭に出した宴は大ヒット。口コミで評判が伝わり、引きも切らずに客が訪れ、すぐにかわもとの看板商品になってくれた。宴を買い求めにきた客は、ほかの菓子も買ってくれる。菓子を食べてくれた客は、宴だけでなく、ほかの菓子もおいしいと言ってくれ、リピーターになってくれた。前年秋の開店から半年、閑古鳥が鳴いていたため先行きを危ぶんでいたワコは、桜の季節を前にようやく安堵の息をつくことができた。

やっぱり和菓子屋には羊羹がなければ、ということか。かわもとで羊羹を出すとしたら間宮羊羹――それが、開店した時の信念だった。宴は白餡で、小豆を使っていない。白いんげん豆を煮てつくる。まあ、店を存続するための苦肉の解釈ではあるのだが。それでも、小豆を煮てつくる羊羹を出すとしたら、あくまで間宮羊羹だという決心は変わらなかった。


その晩、母から電話があった。

「新しい商品がヒットしてるようだけど、賞味期限には気をつけてね」

またまた母の取り越し苦労だ。

「お父さん、新しい職場には慣れたのかな?」

ワコはわざと話題を変える。武史は、焼き洋菓子の小さな会社から誘いを受けて勤め始めた。鎌倉の鶴岡八幡宮《つるがおかはちまんぐう》の門前に本店があり、創業当初はショートケーキなどを店頭に並べていたらしい。それが、参拝客を相手に、足の早い生洋菓子から土産向きのパイやサブレーといった焼き菓子へと転換。販路を広げるにしたがって徐々に工場を拡張していった。武史は、味和産業で和菓子部門を立ち上げ、軌道に乗せた手腕を買われたのだ。「捨てる神あれば拾う神あり、だな」と父は笑っていた。

「ワコ、あなたもお店の衛生面には気をつけてね。それとくれぐれも賞味期限に注意して。お父さんは、そのために長く勤めた会社を辞めることになったんだから」

とんだ藪蛇《やぶへび》と思いつつも、「心得てます」と応える。電話を切ったあとではっとした。

「賞味期限……」

居間に一緒にいた美代子が、「どうしたの？」と心配そうに訊いてくる。

「分かったの、間宮羊羹のことが！」

3

「失礼します」

ワコは炬燵《こたつ》には足を入れずに、正座した。

「わざわざ来てもらって、悪《わり》いなむ」

と向かいで綿入れ半纏《はんてん》を羽織った茂木が頭を下げた。福島の田子倉湖《たごくらこ》に近い茂木の家を訪ねていた。

「戦後はここさ戻って、ずっと畑をやってる。発電所のダム工事があった時には人足もしてだった」

茂木はこの間会った時よりも、また痩せたような気がする。半纏がぶかっとして、肩のあたりが余っていた。なんだか生気が感じられない。

先ほど玄関でワコを出迎えてくれた五十代の、よく陽に焼けて恰幅《かっぷく》のいい女性が、皿に載ったひと切れの羊羹とお茶を盆で運んでくる。

「せがれの嫁だ」と茂木が紹介する。「せがれは野良仕事を嫌《やだ》どって勤め人になっただ。赴任先で知り合って一緒になった嫁は、せがれと違って、土にまみっちぇ働いてくれでんだ」

彼女がワコに向けて、「恵子《けいこ》です」と名乗った。「畑が好きなんです」とほほ笑む。

恵子が炬燵の天板にお茶を置いた。お茶はふたり分だが、羊羹は茂木の分だけだ。ワコがそう頼んだのだった。お茶と羊羹を置くと、彼女は部屋を出ていった。

「茂木さん、もう一度、味見をお願いできますか?」

冬の終わりの淡い陽が、羊羹の切り口に射している。それをじっと見つめていた茂木が静かに頷いた。そして、皿に添えられた小さなフォークを羊羹の角に差し入れ、小さく切り取って口に運ぶ。先日と同じように目を閉じて、慎重に味わっていた。

「間違《まちげ》えねえな」彼が目を開くと言った。「川本からもらった羊羹そのものだ」

ワコは小さく息をつく。やっと辿《たど》り着《つ》いたんだ、間宮羊羹に。

母の「賞味期限に注意して」と心配する声が、赤丸の「間宮にしかできないことを考えなければ」という言葉につながった。

母から電話のあった翌朝、ワコはかわもとの工房で餡子を炊いた。

これまでは、戦場にいる兵が味わうのを前提に、甘味の強い餡子を炊いていた。船の上では真水が不足していることも考慮に入れていたので、渋切りも一度しか行わなかった。使える砂糖にも制限があると考え、煮詰めることによって糖度を上げていたのだ。これが、赤丸の言うところの「あなたは、間宮にできないことばかりを考えている」だったのだ。

では、「間宮にしかできないこと」とはなにか？　それは日持ちの問題だ。老舗羊羹店の羊羹は、国内で製造したものを輸送して戦地へ届ける。輸送の日数がかかるため、煮詰めることで糖度を高くし日持ちさせる。本練り羊羹は銀色のアルミの袋に入っている。どろどろの熱い状態の羊羹を直接あの袋に流し込み、空気中の雑菌に触れることなく密閉させるのだ。

これに対して、間宮は戦地の直前で羊羹をつくる。日持ちさせるためにやたらと砂糖を使う必要もなく、煮詰める必要もない。そう、ちょうど上生菓子の流し合わせに使うようなやわらかくて瑞々《みずみず》しい感じの餡子である。

真水が豊富なのも給糧艦間宮の特徴である。「間宮は砂糖も水も潤沢だった。もちろん、洗濯や風呂の節水は厳守だが、食品製造においてはふんだんに使えた」と赤丸が言っていた。小豆を煮る際の渋切りも二度行う。渋切りをすることで、雑味がなくなるのだ。奥山堂でも渋切りを二度していた。かわもとを開いてからも、ワコはそうしている。

このようにして炊いた粒餡に寒天を入れ、羊羹舟と呼ばれる型に流し込んで固める。それを竹皮で包むのだが、空気に触れるので、間宮の冷蔵庫で保存しても日持ちは数日である。だが、味としては上品なことこの上なしだ。桜の花の塩漬けを湯洗いし、餡子に加えることも忘れなかった。

炬燵の向こうにいる茂木が、「おらは食道がんだ」と静かに打ち明ける。

「手術を受けたんだが、病巣が広がり過ぎて取らんにゃくて、そのまま閉めるごどになったんだ。その後は化学療法で治療してで、髪も抜け落ちっちまった」と自らの頭を示す。「今のところまああっちゅう状態だが、なじょになるもんだが」

ワコは黙って聞いているしかない。

「抗がん剤の点滴を受けたあとしばらくは不調なんだが、今日は味覚もはっきりしていっから。あの羊羹の味を間違えるっちゅうごどはねえ」

茂木が窓の向こうの簡素な庭に目をやり、再びこちらを見た。

「交水会には顔《つら》出してだがら、この何年か間宮羊羹のごどを聞いで回ってる人がいるっちゅうごどは耳にしてだった。生きでるうちに、お伝えしなっかなんねえごどがあんならと、連絡させてもらったんだ」

「ありがとうございました」

ワコは丁寧に一礼した。

「本当は、もっと早く連絡すべきだったんだべな。んだけど、できなかった」彼は小さく息をつく。「おらあ……おらあ、あなだ《しなだ》のじいさまにひでえごどをしたんだ」

思いがけないことを言い出した茂木を、ワコは見返す。

茂木はぎゅっと目をつぶっていた。そのまま、絞り出すように語り始めた。


「見せてみろ！」

日向の甲板で、古兵の短靴《たんぐつ》の手入れを終えた川本に向かって茂木はそう命令した。

「はい！」

川本がすぐさま黒い靴を差し出す。

「きれいなら舐めてみろや」

茂木の言葉に対して、「え?」と彼が問いかけるような表情をした次の瞬間、スリッパで横っ面を張り飛ばしてやった。茂木は、水兵ズボンの尻ポケットにいつも革の上履きを片方だけ突っ込んでいる。なんでそんなものを持ち歩いているかといえば、新兵を殴るためである。

「怠け者《でれすけ》をしごくには、これに限んなぁ」

茂木は、ともに川本を取り囲んでいる仲間の水兵に向かって言った。十九歳の川本より自分は三つ齢上なだけである。古兵とはいえ、みんなそれくらいの年齢だ。

口の端に血を滲ませた川本が、ちらりとこちらを見返した。

「にしゃ、なんだその目は?」

言葉と同時にまた殴っていた。スパーンッという音が、こちらの鼓膜《こまく》も破れんばかりに鳴り響く。べつに睨み返してきたわけではない。川本の澄んだ真っすぐな目が嫌いなのだ。

「ほれ、けつっぺた出せ!」

そう呼びかけると、川本が心得たように壁に向かって立つ。そうして両腕を頭の上に伸ばして手をつき、尻を突き出した。

「やっちまえ」

仲間の水兵が、樫《かし》のこん棒を寄越す。軍人精神注入棒《ぐんじんせいしんちゅうにゅうぼう》だ。

「歯あ食いしばれ、川本!」

茂木は舌なめずりすると、こん棒を振りかぶった。バシーン！　相手の尻に向かって、力いっぱいこん棒を叩きつける。川本の身体は微動だにしなかった。茂木はむかっときて、再びこん棒を振りかぶると、バシーン！　バシーン！　続けざまに二度叩く。さすがに川本の身体が、がくりと傾いた。

激痛は尻から頭のてっぺんにまで突き抜ける。痛みより耐えられないのは恥辱《ちじょく》だ。だんだん自分が人でないように感じられてくる。茂木もそれを知っていた。なぜなら、これが海軍の伝統だから。自分もやられたのだから、伝統に従って新兵を教育する。茂木はよけいなことを考えるのが苦手だった。それが伝統だというのなら従えばいい。

〝鬼の日向か蛇《じゃ》の伊勢《いせ》か、いっそ海兵団で首吊ろか〟そんな戯《ざ》れ歌《うた》を耳にしたことがある。しかし、その鬼の日向で恐れられていたのは厳しい軍律などではなく、しごきと称する古兵の制裁だった。

川本が茂木に向けて敬礼した。軍人精神注入棒で教えてくれた先輩への礼である。そうやって茂木は、靴の磨き方が悪いといっては殴り、洗濯の仕方が悪いといっては殴った。時にはなんの理由もつけずにいきなり殴り倒した。

その日は勤務の終了後、「新兵は上甲板に整列せよ！」と茂木は命令した。「今朝の甲板洗いは何事か、もたもたと動作が鈍い！　そこで、でれすけの気合いを入れ直す！」

三人ずつ二列に整列させた。向き合って、相手の頬をびんたさせる。交互に頬を打つのだが、川本の相方の新兵のびんたが弱い。人を殴りたくないらしい。

「力が入ってねえ！　もっと思いきり張らんか！」

茂木は横に立つと、怒鳴りつけた。川本が強く殴らせようと、わざと力を入れて相手の頬を打つ。力を入れてびんたしなければ、茂木にこっぴどく殴られることになる。川本が「いいんだ」と口だけを動かし、相手の頬を叩く。相手の新兵はやっと小さく頷くと、強く川本の頬を打った。川本が頷き返し、相手をびんたする。びんたを返す時、相手の目に涙が浮かんでいた。それに気づいたのか川本が「いいぞ、いいぞ」と口を動かし励ましていた。

「川本、にしゃどういうつもりか！」

茂木は襟首をつかむと、思い切り甲板に引き倒した。古兵らがにやつきながらやってきて、寄ってたかって川本を足蹴にした。


ワコは、茂木が語る話に言葉を失っていた。祖父はそんな世界にいたのだ。

「そのうち川本は異動になった」

相変わらずきつく目を閉じたままで、茂木が話を続ける。

「おらが糧食を受けるため間宮に行った時、なんと川本の姿があった。川本は三十くらいの職人ふうの男と一緒にいたんだ」

日向の食料調達係として、茂木は新兵らを従えて間宮にやってきた。目的はもちろん羊羹である。

間宮羊羹を積んだ配給台に川本がいるのを見て、目を見張った。

川本のほうも硬い表情をしている。

「なじょした徳造？」

一緒にいる職人が、なにか察したようだ。

「ははあ、こいつとなんか遺恨があんだな」

職人が茂木に顔を向ける。そして、「羊羹は、はあねえ」と言い放った。

「〝ねえ〟って、まだこんなにあるだろ《こだにあっぺや》！　どういうことだ《なんだだ》⁉」

茂木は戸惑った表情になっていた。

「にしゃみでえなアホ《おんつぁ》に渡す羊羹はねえっつってんだ」

それを聞いた途端、茂木は顔色を変えて反発した。このままでは一緒にいる新兵の手前、面目が立たない。

「おんつぁだと！」

奥会津出身の自分には言葉の意味が分かるのだ。茂木は鋭い視線で職人を見返す。

すると、さらに職人が荒々しく拒絶した。

「後ろに順番待ちの列ができてんだ！　ぐずぐず言ってると《ぐづらもづら言ってっと》、殴るぞ《くらつけっつぉ》！」

そのあとで、今度は静かな口調で問い質《ただ》す。

「徳造はな、おらの弟《しゃで》みてえなもんだ。にしゃ、これになにしたんだ？」

職人に上目遣いで睨まれ、茂木は言葉に窮してしまう。次の瞬間、職人が鋭い表情を一転してにやつかせた。

「羊羹なしで帰れ。上官がきついお目玉くれるから《たいしたおめだまけやっから》」

茂木は黙ってうつむくしかない。

「おい、なにやってんだ！」「早くどけ！」列の後ろから声が上がった。

すると川本が、「これを」と、茂木に希望の数の羊羹を差し出したので驚く。

職人がこちらを見て、「なんだ徳造、いいどっか？」と訊いている。

「はい」

と川本が応えた。そして、羊羹を受け取った自分に向けてさらにひと棹よけいにくれた。

「茂木一水、これをお仲間と一緒に食べてください。わたくしがつくった羊羹です」

茂木はそれを受け取ると、「わりいなむ」と言って頭を下げた。「わりいなむ。わりいなむ」

何度も頭を下げた。


「川本と一緒にいた職人が、おらと同郷であるごどはすぐに分かった」

「ご存知の方だったんですか？」

とワコは訊く。その職人とは、トメさん――稲留だろう。

「訛りだよ。しゃべっている言葉で気がついたんだ」

ワコは、安住の話を思い出す。最初に稲留の声を聞いた祖父が、警戒の色を示したというのを。言葉だった。徳造は、茂木と同じ訛りのある相手を警戒したのだ。

茂木がまぶたをあけた。

「川本が、その男を兄《あんにゃ》のように慕っていんのを、なんとなく察した。男のほうも、川本をしゃでのように思っているようだった。現に男は、〝徳造はな、おらのしゃでみてえなもんだ〟と言っていだがら」

「〝しゃで〟ですか？」

ワコの問いに、茂木が頷き返した。

「弟っちゅう意味だ」

徳造は、やはり稲留を兄のように慕っていたのだ。

「川本は、その男から菓子づくりを習っていだんでねえがな。そだふうな感じだった」

そこで茂木がワコに向けて深々と頭を下げる。

「せっかく来てもらったちゅうに、この加減しか話せねえでわりいなむ」

「いいえ」

慌てて言う。この人は、祖父に暴力をふるっていた。そして、ワコがつくった羊羹を間宮羊羹と認めてくれた。

「おらは海軍にいだごどが誇りだった。交水会の倶楽部につら出すごども好きだった。はあ最後かもしんにぇど、こないだも行ったたったがや」

そうして、ワコを見る目が申し訳なさそうになる。

「海軍にいだごどが誇り——よくそった口がきけたもんだ」

茂木が茫然と目を見張っていた。そして、長い年月にわたり陽と風に晒《さら》されて煮しめたような色になった顔を両手で覆う。

「おらは、川本にひでえごどをした……ひでえごどを……。だじゅん川本は、おらに羊羹を……」

ワコは自分が辿り着いた間宮羊羹をひと棹、さっそく安住に送った。すると、すぐにハガキが送られてきた。

冠省　お送りいただいた羊羹、頂だいいたしました。味わってすぐに間宮羊羹に間違いないと確信しました。間宮の乗員だった私は、羊羹を口にしていません。しかし、樋口さんの手によるこの羊羹は、私が身を置いたあの船の空気を纏っていると感じたのです。樋口さんは、川本のどら焼きに近づきつつあるのですね。川本といえば、改めて気づいたことがあります。ショーフクさんと艦長が川本を間宮に乗せたのは、職人と兵との橋渡し役のためではなかった。兵隊以外にも生き方はあるというのを教えるためだったのではないか。あの船には――間宮には、それがあった。なにより私が身をもって体験したことから、そう考えるようになりました。ではよいお仕事を。日々お元気で、御身お大切にお過ごしください。　匆々

4

「ワコちゃん……」

襖の向こうから声がした。

「ワコ……ちゃん……」

茂木の家を訪ねた翌週の朝で、ワコは着替えを済ませたところだった。

「どうしたの伯母ちゃん？」

返事がない。

「あけますね」

と断ってから仕切りの襖を開く。美代子は布団を掛けたまま横たわっていた。

「大丈夫？」

美代子が顔だけをこちらに向けた。ワコの部屋の照明が目に入り、眩しそうに細める。

「背中が鉄板になったみたい。突っ張って、起き上がれないの」

「苦しかったり、痛かったりする？」

「それは……ない」

どうしたものか、とワコが思案していると、「だけど」と伯母が言う。「朝ご飯の支度ができそうにないの」

美代子はいつも先に起きて、朝食をつくってくれるのだ。

「そんなことといいんです。それより、あたし、一緒に病院に行きましょうか？」

「ワコちゃんは、お店に行って。しばらく様子を見て、お医者に行くから」

「ひとりで起きられます？」

「心配しないで。朝ご飯がつくれないことだけ伝えようと思ったの」そこで、美代子がふんわりと笑う。「ちょっと疲れたのかもしれない。今日は、少し寝坊する」

ワコは毎朝、伯母を早くから起こしてしまっているのを反省した。寒い冬は特に大変だ。

「お店、休みますよ」

「それはダメ」


掛かり付けの家庭医に診てもらった美代子は、横浜の大学病院を紹介され検査を受けた。その結果、胃がんであることが判明した。入院、手術が決まったが、意外に冷静だった。

「お母さんも同じ病気だったのよね」

家から持ってきたパジャマ姿の美代子は、ベッドに半身を起こしている。肩にカーディガンを掛けていた。

「同じ病気って、おばあちゃんも？」

ベッドサイドの椅子に腰を下ろしたワコは尋ねた。美代子は、祖母のフミのことを言っているのだろう。

「おばあちゃん、若い時は看護婦だったのに、自分のこととなると検査が嫌でね。それで手遅れになったのよ」

高層階の病棟の窓の外で、灰色の空に三月の雪がひらひら舞っていた。カーテンで仕切られた四人部屋で、美代子のベッドは奥の窓際である。

「そうして、あたしは、おばあちゃんが逝った齢をとっくに追い越してる」

「そんな。伯母ちゃんは治ります」ワコはむきになって言う。「手術の当日は、あたし付き添いますから」

「だから、お店を休むのはダメだって言ってるでしょ」

今日は水曜で定休日だった。ここに来るので、書道塾は休んだ。

「ねえワコちゃん、ついに間宮羊羹の味に辿り着いたんでしょ。今度は、おじいちゃんのどら焼きをつくって」

5

翌朝ワコは、どら焼き用にサワリで少量の粒餡を炊いていた。ベースになる餡子は、間宮羊羹のものだ。

餡子ができると、どら焼きの皮に取りかかる。卵、小麦粉、砂糖の割合が三同割《さんどうわり》といって同じなのが、昔ながらの和菓子屋のどら焼きの皮だ。徳造のどら焼きの皮は、きっとオーソドックスなものに違いない。

この生地を、一文字《いちもんじ》と呼ぶ横長の平鍋で焼く。生地をどらさじですくい、熱した一文字の上に丸く流した。生地が膨れて広がることを想定し、直径九センチに流す。

皮は、直径十センチの大きさに焼き上がった。ワコは左手にどら焼きの皮をふたつ持った。そうして、片手だけで開いて、右手に持ったヘラで鍋の餡子をすくい皮に挟み込む。

「できたぞ」

そう口をついて言葉が出た時、店の裏口のドアが開いた。そこに現れた人の姿に、ワコは驚く。

「お母さん――」

奈津が笑って、「なんて顔してるの?」と言う。「姉さんが入院して、お店のほう手が足りなくなったと思って来たの。最近は少し流行ってるっていうじゃないの」

「伯母ちゃんに頼まれたの?」

「いいえ」ときっぱり否定した。「姉さんは自分がなにも言わなくても、わたしが手伝うはずって分かってたと思う」

奈津が裏口のすぐ横にあるロッカーの前に立つと、「着てきたもの、ここに入れていい?」と訊く。

「あ、うん」

ワコは戸惑ってそう応える。

「いったいどうしたっていうのよ。わたしだって結婚する前は、おじいちゃんのお店、手伝ってたのよ」

奈津がコートを脱いでロッカーの針金ハンガーに掛け、携えてきた手提げ袋からエプロンを出して身に着けた。

「さて、なにからしよう」

と言いつつ、心得たように蒸し上がった赤飯を作業台でパック詰めし始めた。

確かに奈津は慣れたものだった。店の前を掃き終えると、九時にはシャッターを上げ、開店準備がすっかり整っていた。客あしらいも堂に入っており、「店主の母親でございまーす」と訊かれもしないのに自己紹介し、菓子を勧め、世間話に興じていた。店にいる奈津は、話し方も表情もハイテンションだ。それは、普段の母とはまったく違う姿であった。

四十代の女性客が、姑《しゅうとめ》との付き合い方について初対面の奈津に悩みを打ち明け始める。

「同居している義母《はは》は家事が得意なの。パートがあるあたしを助けてくれて、ほォんと感謝してる。でもね、自分の考えが常に絶対なのよォ」

「はいはい、いるわよね、そういう人って」

と奈津が胸の前で手招きするように、手先を忙しく上下に動かす。

「あたしがなにか言っても、全否定するわけェ。それで、〝こんなことも知らないで、どんな育てられ方したの?〟って、実家の悪口まで言うのよォ」

「あら、ひっどーい」

奈津が今度は両手の指先を口もとに持っていった。

「この間なんてね、義母と中学生の娘が口論になって」と、女性客のほうも手先を胸元でひらひらさせる。「あなた、それもわたしが娘に仕向けたことにされて、うンもう、あいた口がふさがらなかった」

「もう、やだー」

奈津の反応に、女性客が我が意を得たりとばかり、「そうなのよォ」と返す。「夫に相談しても〝昔からああだった〟って無関心だし……。それであたし、お友だちに愚痴をこぼすくらいしかできなくってね」

奈津が女性に向けて何度か頷いてから、「今のご家庭をきちんとまとめてるのは、あなたの努力の賜物《たまもの》。家事だけでなくパート勤めもされて、立派よ」とまず相手を全面的に認める。「お義母《かあ》さまの性格や態度は、絶対に変わらないでしょうね。ご主人にも、お義母さまを変える力はなさそう」

打って変わって女性のほうが奈津の顔をじっと見つめ、頷いていた。さらに奈津が言う。

「だからって全面対決したら、一時的に気は晴れるかもしれないけど、状況がますます悪くなることは、賢いあなたには分かっているはずよね」

彼女がため息をついた。奈津がなおも諭す。

「でもね、完璧な家族関係なんてないの。お義母さまを好きになる必要なんてないし、お友だちにお義母さまの悪口を言ってもいいのよ」

「あら、いいのかしら？」

「いいの、いいの。たまにはこうやって、わたしにも愚痴をこぼしに来てちょうだい」

奈津の言葉に、彼女は少しだけ気が軽くなったようだ。ちょっぴり明るさを取り戻した表情で帰っていった。

「さすがじゃない、お母さん！」

工房で会話を耳にしていたワコは、仕切りのドアから半身を覗かせてそう伝える。

「なに言ってるんだか」

と、とぼけながら、奈津はまんざらでもない顔だ。

「なんか、いつものお母さんじゃないみたい」

「そうなの」と小さくため息をつく。「わたしね、昔から、お店に出ると気分がやたらと高揚しちゃうの。それが恥ずかしくて、かかわりたくなかったのよね」

「あたし、そんなお母さん好きだけど」

と言ったら、「バカね」と視線を逸《そ》らす。そうして、「ねえ、もうお昼回ったよね。わたし、ご飯用意してきてないの。お赤飯のパックをいただこうかしら」とごまかすように話を変えた。「ちゃんとおカネ払うからね」

「あ、いいよ」

「ダメダメ、商品なんだから」と、おそらく財布を取りにだろう、奈津が工房のロッカーに向かおうとして、作業台の上にひとつだけ載っているどら焼きに目をやった。「これ、今朝来た時にも気がついたんだけど、お店にはどら焼き置いていないのね」

「うん。試作品なんだ」

そこで、はっと気づく。

「お母さん、昔お店を手伝ってたっていうけど、それじゃ、おじいちゃんのどら焼きを――」

「もちろん、食べてるわよ」

こんな身近なところにいたんだ、徳造のどら焼きの味を知る人が。最初から思い当たりそうなものだけれど、今まで素直に訊けなかっただけ。

「ねえ、お昼ごはんのあとで、このどら焼き味見してくれる？」

「お昼ご飯のあとなんていわず、すぐいただくわ。わたし、甘いもの大好き」

そして、ひょいとどら焼きを取り上げると、半分に割ってひと口食べる。

「あら」

切れ長の目を大きくする。そして、さらにどら焼きを口に運んだ。

「どう？」

ワコはおずおずと感想を求める。

「これ、おじいちゃんのどら焼きに似てる」

「ほんとに⁉」

思わず大きな声を出していた。すると、奈津がこくりと頷く。

「少しだけ似てるような気がする」

「少しだけって、やっぱり皮が違ってるかな?」

すると、奈津がすぐさま頷いた。

「皮はぜんぜん違う。おじいちゃんのどら焼きの皮は、もっとふんわりしてるもの。餡子のほうも違ってるな」

そんなはずはない。自分は間宮羊羹に辿り着いたのだ。どら焼きの餡子は、それをベースにしている。

「おじいちゃんの餡子と、どう違うの?」

虚脱したように訊き返す。

「皮のほうも違ってるから、うまく説明できないのよ」

「でも、少しだけ似てるんだよね?」

今度は強い調子で訊いたら、奈津が、「うん」と返事した。なんだか、無理やり言わせているような気がしてくる。

「皮がもうちょっと似てたら、餡子のこともくわしく思い出せそうな気がする」

奈津が、手にしたどら焼きの半分を寄越す。

受け取って、ワコもひと口食べてみる。だが……だが、風景は浮かばなかった。これまでも自分のつくったお菓子を食べて、風景が見えたことはない。

「小学校の時だっけ、あんた、おじいちゃんのどら焼きを食べて風景が見えたって話をしてたね」

ワコは、母に顔を向ける。

「覚えてたの?」

奈津が頷く。

「確か、春と海の景色だって」

そこまで記憶していたなんて、意外だった。

「ごめんね、あの時はきちんと話を聞いてあげなくて。わたし、おじいちゃんに対してわだかまりがあって……」

「わだかまりって?」

母はそれには応えず、「まだ幼いあなたがおじいちゃんの影響を受けて、〝将来お菓子屋さんになる〟なんて言い出すんじゃないかって冷や冷やしてたの」ともらす。

ワコはそっと息をついた。

すると、奈津に大きな笑みが広がる。

「今は、あなたがやりたいことをやればいいって思ってる。わたしも応援するから」

ワコは、母の笑顔に笑顔で返した。


美代子の手術の日、奈津が病院で付き添うことになった。店を閉めてから、自分も病院に行くつもりだ。

朝、いつものようにシャッターを開けようと店の外に出ると、「おはようございます」と背後から声をかけられる。振り返ったら、和服姿の香織が立っていた。

「おはようございます」ワコは挨拶を返し、「今、お店を開けますんで」とシャッターを押し上げる。

「あの、今日はお菓子を買いにきたんじゃないんです。夫に言われて、お店のお手伝いに伺いました」

定休日には病院に見舞うため、書道塾を続けて休んでいた。榊には、事情を伝えていたのだ。

「そんな、香織さんにお手伝いしていただくなんて。塾のほう、先生おひとりでご不便ではないんですか？」

すると、香織がにっこり笑う。

「夫が〝結婚する前は、ひとりでやっていたのだから大丈夫だ〟と。それにわたし、和菓子屋さんで働いてみたかったんです」

美代子のことが心配で、胸が押しつぶされそうだった。一緒に働いてくれる人がいるだけで心強い。それに、和服姿で美人の香織が店に立ってくれると、雰囲気が一気に華やいだ。心なしか、客の出足がよいような気がする。それに香織は、奈津に劣らず客の扱いが上手だった。

七十代後半の女性客が、「あたし、夫を亡くしてから、もう三十年以上ひとりで暮らしてきたでしょ」と、さも香織が知っているのを前提のように話し始めたものだから、ワコは「知り合い？」と仕切り窓越しに目で訊く。そしたら香織が「ううん」と声に出さずに否定した。

「子どももいないし、頼りにできるような親戚も誰もいないでしょ」と、香織に内輪話を続ける。そうやって打ち解けて話ができるような、柔らかな雰囲気を香織は備えていた。

「今は健康で、なんとか自分で生活できてる。ええ、ええ、でもね、いつ寝たきりになるかと思うと、不安でいっぱいなの。というのもね、あたしの祖母と母が認知症になっているでしょ。だから、心配でしょうがないのよね」

香織は女性の顔を優しい眼差しで見つめ、時折り頷いていた。

「役所にも訊いてみたんだけど、今のわたしに支援することはなにもないって言うじゃないの。だけど、いくら病気じゃなくても、判断する力や体力はだんだん衰えていくし。おカネはない、頼る人もいないで、衰え果てるまでひとりでいろっていうのかしらね？　これって、あたしの取り越し苦労かしら？」

それまでじっと話に耳を傾けていた香織が、「わたしなどには答えが見つからない、難しい問題ですね」と口を開く。「でも、これだけは言えると思うんです。明日どうなるかは、誰にも分からないって。この点については、たとえ若くても、齢を取っていても同じでしょう。なにか備えていたとして、必ずしもその備えどおりになるとも限りませんしね。不安なことを並べてみても、日々の暮らしが暗くなるばかりですよ。それより、健康で自立している今の生活を大切に維持することに頭を切り替えてはいかがでしょう」

「開き直れっていうこと？」

香織がゆっくりと首を振ってから、静かに諭す。

「備えられることは、できる範囲で備える。あとは気を楽に持って、今を楽しんではということなんです。今に支障がないんですもの」

「今を楽しむ……か」すると、彼女の顔がぱっと明るくなった。「おいしいお菓子でも食べてね。ええ、ええ」

香織もにっこりほほ笑み返した。

工房でワコは感心していた。奈津もそうだが、香織もよく相手の話を聞く。そうすることで人の心をつかんでしまう。客が投げかけてくる相談とも愚痴ともつかぬ内容に対して、彼女らは明快な回答を伝えるわけではない。けれど、癒《いや》しを与える。店と客との関係は、しがらみのなさにあるといえるだろう。かわもとでなくて、横浜のデパートでも和菓子は買えるのだ。しかし、菓子を売るだけでなく、こうした緩いつながりによって人々の生活を支えられたなら、この地域にかわもとが存在する意義がある。もちろん美代子もこれまで店に立って、そうしてくれていた。あの屈託のない笑顔と自然さで。彼女の不在が、客と店との関係の意義をいっそう強く考えさせるのだ。気づかれないように親切にしたり、助けを求められなくても気づいてあげられるような仕組みが、商売を通じて自然に築いていけたならと思う。

その日の閉店後、ワコは急ぎ病院に向かった。美代子の病室のある階のナースステーションで尋ねると、すぐに集中治療室《ICU》に行くよう告げられた。胸騒ぎを感じながら、看護婦に連れられ業務用エレベーターで階下に降りる。ナースキャップが蛍光灯の明かりを受け、白く光っていた。ストレッチャーごと乗り込める広く無機質なエレベーターは、来客用の展望エレベーターと違って気分を滅入《めい》らせる。廊下の向こう、ＩＣＵの前の長椅子に奈津が疲れたように座っている姿が目に映ると、不安は最高潮に達した。

奈津が顔を上げ、窓のない長い廊下を歩いて近づいてゆくワコにぼんやり視線を投げかけてきた。

「手術、六時間もかかったの」すぐ隣りに立ったワコを見上げて言う。「胃の三分の二を取ったのよ。取った部分を、お医者さまに見せられた。トレーに載った赤黒い肉塊」

ワコは息を呑む。しかし、打って変わって奈津に笑顔が浮かんだ。

「うまくいったそうよ。これから面会できるって」

ふたりとも衛生キャップを被り、手を洗ってから、今度は緑色の手術着姿の看護婦に案内されて治療室の奥へと向かう。並んだベッドには、連続看護が必要な患者たちが横たわっている。

「伯母ちゃん」

たくさんの管につながれ、酸素マスクをした美代子はぼんやりと目を開けていた。まだ完全には麻酔から覚めていない様子だった。それでも、傍らに立った自分たちに一生懸命笑顔を向けてくれる。その笑みを見て涙があふれそうになった。

6

美代子の術後が安定すると、ワコは開港楼に志乃を訪ねた。店番は香織に任せている。

「まあ、羊羹。ありがとう」

間宮羊羹は、かわもと羊羹という菓銘で店頭に並べていた。評判は上々である。開店の際、いろいろとアドバイスしてくれた志乃に、今日はかわもと羊羹をひと棹携え、挨拶にやってきたのだ。

「美代子さんも順調のようで、よかったわね」

と案じてくれる。美代子は入院前に志乃と会って、自分になにかあったらワコを頼むと言い置いたらしい。

「つかぬことを伺いますが」とワコは話題を切り替えた。「女将さんは、先代のかわもとのどら焼きを食べたことがありますか?」

「それは、トクちゃんがつくったどら焼きということよね?」

「はい」

志乃が不思議そうな顔をしてから、「いいえ」と否定する。「だって、かわもとにはどら焼きを置いていなかったでしょ」

その言葉に、ワコは衝撃を覚える。

「祖父がつくっていなかったということでしょうか？」

「あたくしが知る限り、かわもとの店頭にどら焼きが並んでいるのを見たことがないわね」

……どういうこと？

「徳一さんのどら焼きなら食べたことあるわよ」

「曽祖父のどら焼きですか？」

志乃がワコに向けて頷いてみせると、「それがね、戦後だいぶ経ってから、徳一さんのどら焼きの味が変わったのよ」と言う。

ワコははっとする。

「餡子の味が変わったんでしょうか？」

もしかしたら、徳造が間宮羊羹の餡子をかわもとに持ち込んだのかもしれなかった。

「餡子じゃなくて皮のほう。以前のどら焼きの皮より、ふんわりと柔らかくて、溶けるような感じになったの」

「それは、祖父がどら焼きの皮を焼くようになったということですか？」

彼女が首を振る。

「徳一さんが変えたのよ。あたくしがそう感想を伝えたら、〝世の中も豊かになって材料が手に入るようになったし、これからのどら焼きは子どもの喜ぶ味にする〟って。口調は相変わらずぶっきら棒なんだけど、そんなこと言ってたのを覚えてるわ。トクちゃんのお父さんて、不愛想だったから」そこまで話してから、「あらやだ、ワコちゃんのひいおじいさまだったわよね」と申し訳なさそうにする。

「あ、いえ」

と口にしながら、子どもが喜ぶ、か――とワコは思っている。六歳の自分が食べたどら焼きは、確かに心を強く動かされるほどおいしかった。

「もう一度伺います、祖父はどら焼きをつくっていなかったと？」

「あたくしが知る限りってことよ」


ワコは閉店後に美代子の病室を訪れた。美代子は二日前に手術を受けたとは思えないほど、元気だった。

「さっきも廊下を歩いたのよ」と、ベッドに横たわってはいるが、昨日今日と付き添っている奈津と、ワコに向けて目を輝かせる。「足腰を弱らせないためにも、早期の離床が必要なんですって」

順調にいけば十日で退院できるそうだ。ワコはひとまず安心する。

カーテンで仕切られた四人部屋だ、気を遣いながらも会話の内容は明るい。

「早くお店に戻らないとね」

そう言う美代子に、「伯母ちゃんはゆっくりしてて。お母さんと香織さんが手伝ってくれてるから」と、ワコは安心させるつもりで言った。ところが、美代子が口をとがらせる。

「あたしの活躍の場を取られてなるものですか」そうおどけて、ふたりを笑わせた。自分でも笑っている。「でも、ほんとよ。〝人間の身体は使わないと退化するから〟って、看護婦さんが」

「待ってますね、伯母ちゃん」

ワコが言うと、笑顔のまま頷いた。

「あ、お母さん、ちょっとデイルームに来てもらっていい？」

奈津がなにかしら？　という表情をすると、すかさず美代子が、「ほうら、また、あたし抜きでなんの相談かしら？」とすねる。

「違うんです」慌ててワコは言い訳した。「お母さんにどら焼きの味見をしてもらおうと思って」

「じゃ、とうとうできたのね、おじいちゃんのどら焼きが」美代子が思わず、がばりと半身を起こす。すぐに、「痛《イタ》タ……」と術後のお腹を押さえていた。

「もう、姉さんたら」

奈津が苦笑いして肩を抱きかかえる。

「食事ができない伯母ちゃんの前で、お母さんに試食してもらうのはどうかなって思ったの」

そう言うワコを美代子が制する。

「いいから、ナッちゃん、ここで食べてみて」

伯母の許しを得て、ワコは個包装してきたどら焼きをリュックから出して奈津に渡す。

「あれから、また改良を加えたってことね？」

そう言う奈津に、ワコは頷いて応えた。

「なんだか食べにくいわね」

母がフィルム包装を解いてどら焼きを見やる。美代子も、ワコもそれを注視していた。

「いただきます」

奈津が食べようとした手を止める。そして、「あなた、食べてみた?」とワコに尋ねる。

「ううん」

母がどら焼きを半分に割って、ワコに寄越す。受け取りはしたが、食べずに、まずは母の感想を聞くことにする。

奈津がひと口食べた。無言のままで咀嚼《そしゃく》していたが、もうひと口食べる。そして、美代子に顔を向け、そのあとでこちらを向くと静かに頷いた。

「皮のふんわりした舌触りや口溶け、甘味や風味はこんな感じ。そう、確かにおじいちゃんのどら焼きの皮よ」

ワコは、奈津から手渡されたしっとりとした手触りとともにあるどら焼きの半分を見下ろす。そして、ひと口食べてみる。六歳の自分が口にした徳造のどら焼きの皮は、口の中でふんわりと溶けた。

美代子と奈津に顔を向けると、ワコはしっかりと頷いた。そう、この口溶けは、徳造のどら焼きの皮だ。

どら焼きの皮をふんわりさせるには、卵の割合を多くする。それに、砂糖を多くすることでふわっとさせられる。砂糖が少ないと潰れてしまう。薄力粉はたんぱく質が少ないものを使うとスポンジケーキ状になる。水を四十ccを使うところを、水二十ccに対して酒二十ccにすると、揮発性が強いので皮がふんわりする。さらに風味を出すため、蜂蜜を多めにした。

「このどら焼きの皮ね、徳一さんから引き継いだものだと思う」

すると、ベッドの上で美代子が反応する。

「つまり、あなたのひいおじいちゃんがつくっていた皮だと？」

ワコは頷くと、昼間、志乃から聞いた話をふたりに伝えた。

「〝世の中も豊かになって材料が手に入るようになったし、これからのどら焼きは子どもの喜ぶ味にする〟って」

今度は奈津が、「確かにおじいちゃんのどら焼き、子どもに人気があったわ。自分の父親の皮を引き継ぎ、餡子のほうは自分で考案して、あのどら焼きをつくったのね」としみじみ言う。

さらに彼女は、ふと気がついたように続けた。

「この皮を食べて思い出したんだけど、おじいちゃんの餡子は、なんていうかな」と少し考えてから、「そう、もっと上品な感じがする。優雅なのよ」こちらに顔を向け断言した。

「上品、優雅――」

ワコが繰り返すと母が頷いた。

「それでいて子どもが食べやすい、あっさりした餡子なの」

さあ、あとは餡子だ。その時、ワコにはひとりの菓子職人の顔が浮かんだ。それは自分の中で解き明かせない、もうひとつのどら焼きの風景の謎に迫ることでもあった。

銀座の老舗パーラーの二階席に座っていると、紫の作務衣の上に革ジャンパーを羽織った鶴ヶ島がやってきた。

「若い女の声で呼び出されたもんだから、店の連中にさんざ冷やかされたぜ」

革ジャンのポケットに両手を突っ込んだままで、鶴ヶ島が向かいにどかりと腰を落とす。その恰好《かっこう》は、店内の雰囲気といかにも不釣り合いだった。笹野庵に電話し鶴ヶ島に話があると伝えたら、このパーラーで待つように言われたのだ。

ウエイトレスにコーヒーを頼むと、「で、どんな用だ？」と彼がこちらに細い目を向ける。

「ツルさんはお菓子を口にした時、見える風景がありますか？」

いきなり核心となる質問をぶつけてみた。この人に回りくどさは必要ないだろう。

彼の目が光った。

「おまえには見えるのか？」

「あたし、専門学校時代に奥山堂のどら焼きを食べて、こんこんと湧き出る水の風景が見えました。どこまでも澄んで、冷たい湧き水の風景が」

鶴ヶ島は黙っていた。

「それはツルさんのつくったものだと、工場長が」

今度は彼が口を開いた。

「工場長は、菓子の風景についてなにか言っていたか？」

奥山堂を退社しても、自分たちにとって曽我は永遠に工場長なのだ。

「あたしが入社して間もない頃です。〝お菓子を食べる時、人の心にはさまざまな思いが浮かぶ。お菓子は、人の心を映す鏡なのだ〟と。こうも言っていました。〝つくり手の中にある風景が、そっくりそのまま食べる人の心に伝わるわけではない。しかし、つくり手の心が緩んだお菓子には、なんの思いも浮かばない〟と」

鶴ヶ島が鼻で笑った。

「あの人らしい、持って回った言い方だな」

そこでワコは思い切って、これまでのことをすべて話した。鶴ヶ島は、長い話に静かに耳を傾けていた。時々、革ジャンのポケットから手を引き抜き、テーブルのカップを取ってコーヒーを啜《すす》った。

「どんな菓子を食べても、風景が浮かぶわけではない。また、誰もが菓子を口にして風景が見られるわけではない」

ワコが話し終わると彼が言った。

「見える力が強い者、それほどでもない者によって、見える頻度は違ってくる。見られたとしても一生に一度で、そのまま忘れてしまう者がほとんどだと。菓子をつくる職人の感性や心情が、口にした者と共鳴すると見える風景のようだ」

「ツルさんもお菓子の風景が見えるのですか?」

ワコの再度の質問にもやはり応えず、彼が続けた。

「六歳のおまえが、ご祖父殿のどら焼きを食べて見た〝春〟の風景――これは餡子に含まれる桜の花と考えていいだろう」

「あたしもそう思います」

「だが、海の風景を、給糧艦間宮そのものを意味していると捉えるのは矛盾している」

「そうでしょうか?」

鶴ヶ島が頷く。

「給糧艦間宮とは、すなわち間宮羊羹ではないか」

そういえばそうだ。桜は間宮羊羹に含まれる要素だ。にもかかわらず、自分は桜の花の塩漬けを、間宮羊羹とは別にしていた。

「いいか、おまえが口にしていたのは間宮羊羹ではなく、あくまでご祖父殿がこしらえたどら焼きなんだぞ。しかし、おまえは間宮羊羹とどら焼きをごっちゃにして捉えている」

ということは、海の風景も間宮羊羹ではなく、どら焼きそのものが持つ要素ということになる。なぜ、それに気がつかなかったんだろう!

「では海の風景とは――」

「豊かな水だ」

そう応えた鶴ヶ島の顔を、ワコは思わず直視する。

「俺には分かる」

「ツルさんのどら焼きにも水の風景が見えました」

彼が頷いた。

「そして工場長は、〝禁を犯し、勝手なやり方でつくったどら焼きを店に出していた〟と、ツルさんのどら焼きを評していました」

「いかにもだ」と彼が言った。「俺は時折、それをやった」

ワコは彼がなにを告げるかを待った。

「そして、おそらく、おまえのご祖父殿も同じことをしている」

ワコは愕然《がくぜん》とする。

「渋切りを三度しているんだ」

奥山堂でも、かわもとでも、間宮羊羹も渋切りは二度だ。三度行うという手間をかければ、その分だけ小豆のえぐみがない上品な餡子になる。一方で、小豆の豊かな風味が損なわれる。つまりは諸刃《もろは》の剣《つるぎ》なのだ。

「奥山堂では、渋切りは二度と決められていた。だが俺は、自分の味を求める中で、その禁を破った」

「そして、絶妙なさじ加減で、あのどら焼きをつくったわけですね」

「技術を定量化するのが工場長の仕事だ。その目を盗み、店売りに出して客の反応を窺《うかが》っていた。だが、あの人は気がついていたんだな」

ワコは頷いたあと、改めて質問する。

「祖父もどら焼きの餡子で、渋切りを三度していたとツルさんは考えるのですね？」

「まず間違いなく」

「なぜ、そう確信するのですか？」

「おまえの話から、ご祖父殿が子どもの喜ぶどら焼きをつくろうとしているのが推察できるからだ。あっさりとした餡子を、子は好むからな」

「海の風景は水を表す。それは三度の渋切りを意味している、と？」

テーブルに目を落としていた鶴ヶ島が頷くと、語り始めた。

「十五、六年前の話だ。当時、俺は大阪の店で働いていた。そこでも俺は、渋切りを三度した餡子でつくったどら焼きを店売りに混ぜ、客の反応を知ろうとした。それで時々、店先に立って様子を見ていた。ある日、小学五、六年生の少女が、〝おじさんが、どら焼きをつくってるの？〟と訊いてきた。この年代の子がひとりで和菓子屋に買いにくるのは珍しいと思いながら、〝そうだ〟と応えた。すると、〝ここで買ったどら焼きを食べたら、深い井戸の底の水が見えた〟って言うんだ」

それを聞いて、ワコははっとする。

「渋切りを三度したことで、少女に水の風景を見せたんだろう。それが深い井戸の底というのは、真っ暗な俺の心象風景だったのかもな。あの頃、なんで俺は菓子なんてつくっているんだろうと迷いを感じていた」彼がにやりとした。「だが、間もなく思い至った。好きだからやってるんだってな。好きで好きでたまらないからだと」

ワコの中に、ある考えが浮かぶ。十五、六年前といえば、自分は小学校の高学年だ。

「その子は、どんな子でしたか?」

「どんなって、地元の子ではなかったな。言葉が違っていたから」

転校生のあの子は、またすぐに大阪に越していった。

鶴ヶ島がふと気づいたように、「髪を三つ編みにしていたよ」と告げた。

ワコは思わず両目を閉じる。葉桜の下にひとりで立っていた少女の姿が浮かんだ。

「あの少女は俺に、自分がなぜ菓子をつくっているのかを教えてくれるために現れたんだ」

あたしには、お菓子の風景は確かに見えるのだと教えてくれた。まぶたを開くと、鶴ヶ島がこちらを見ていた。

「春、そして海の風景の意味は分かったようだな。だが、ご祖父殿が言った〝水菓子のような餡子〟の意味が解けたわけではないぞ。渋切りを三度しただけで、水菓子のような餡子になるとは思えんからな」

確かにそうだった。

「なあワコ、おまえ、どうしてそこまでご祖父殿のどら焼きにこだわる?」

「お菓子の風景は、誰にでも見えるものではありません。でも、あたしには見える。なによりそれを自分に証明したかった。見えるものは、見えるんだと。いつの間にか、それがすべてになったんです」

「見えなければよかったのに、とは思わんか？　別の生き方もあっただろうに、と」

「見えてよかった。だって、お菓子職人になれたんですから」

鶴ヶ島がにやりとした。

「自分がつくった菓子を食べて、風景を見ることもあるそうだ」

ならばあたしも見てやろう。

第九章　寿

1

鶴ヶ島に会ったあと、三度の渋切りで餡子を炊いた。徳造のどら焼きに近づいてはいるけれど、依然として水菓子のような餡子にはならない。

――ツルさんの言っていたとおりだ。

材料もいろいろ試してみた。丹波《たんば》の大納言《だいなごん》小豆も使ってみた。京都産の丹波大納言小豆は、いつも使っている北海道産の小豆とは、大きさが違う。北海道産の小豆はぴかぴかしているが、丹波大納言小豆は、沈んだ落ち着いた色だ。これこそ小豆色というのだろう。もちろん高価である。だが、違っていた。砂糖もいつもの上白糖ではなく、粗目《ざらめ》を試した。結晶の純度の高い粗目は、雑味が少ない。こちらも値が張る。でも、やはり違った。高価な材料を使えばいいわけではないらしい。

水菓子という言葉から、おろしたリンゴや、梅シロップを混ぜてもみたがとんでもない味になった。

「ワコちゃん、シャッターあけるね」

デニム地の濃紺の作務衣姿の美代子が言う。

「お願いします」

ワコが応えると、彼女は工房を抜けて裏口から出ていく。やがて、ガラガラという音とともにシャッターで閉ざされていた店内に光が射し込んだ。

美代子は三月の退院から一ヵ月後、かわもとに復帰した。定期的な受診は今後も続けるが、現在のところ再発、転移の兆候は見られない。そして梅雨明けしたばかりの七月のこの朝も、いつものように開店した。

「おはよ」

待っていたかのように、井手田食品の白衣に身を包んだ陽平がやってくる。結局、鎌倉こんにゃくは立ち行かなくなった。「ちょっと手を広げ過ぎたな。こんにゃく一枚売ったたって、百円儲《もう》からないんだもん。せいぜい利ざやは三十円てとこだ。一万丁売っても、三十円×一万で三十万円の利益だろ。これじゃあ初めっから人が雇えない計算なんだよ。いくら総菜まで手を広げたって、店の柱はあくまで、こんにゃくなわけだから」意外にさばさばした笑顔だった。

彼は実家に戻ってきた。「うちのこんにゃくは、〝まずい〟って言われたことも、〝うまい〟って言われたこともねえ──前にそう言ったよな？　もちろん、こんにゃくだけそのまま食ったって、真価は分からないだろう。今の機械製法によるこんにゃくは、古い二枚羽根式のバタ練り機を使って攪拌したものと違って、こんにゃくの中に気泡ができないんだ。煮物の場合、こんにゃくの気泡に煮汁が入り込むことによって味が染みる。井出田食品では、機械製造の過程でエアでコントロールしながらバブルを入れて気泡を生んでるんだ。それで、旧式機械には及びもつかない均一な気泡混入を可能にしている。これは、うちの親父のこんにゃく製造へのこだわりだ」彼は誇らしげだった。

ところで、今朝の陽平はただならぬ気配を漂わせている。

「えらいことになったぞ」

「どうしたの？」

ワコは工房から店へと出てゆく。

「九月に、中町駅前にコンビニがオープンする」

「あら」と、美代子の顔がぱっと明るくなる。「それは便利になるわね。この辺てそういうお店がなかったから」

「なにを呑気《のんき》なこと言ってるんですか、美代子おばさんは」と陽平が呆れた声を出す。「商売敵《がたき》が進出してくるんですよ」

「コンビニって、どこのチェーン？」

とワコは訊いてみる。

「レッドサークルだ」

――「川本さんには、敵に対する謙虚さがなかったのです。やはり謙虚に敵に向かうべきだった」という赤丸の声が蘇《よみがえ》る。

「こんにゃく屋は夏が暇なんだよ。それが、やっと忙しくなる秋から冬にかけて、コンビニのおでんに客を取られちまうなんてな」と陽平がぼやく。彼はかつて、「こんにゃくを冷温で製造し、冷蔵輸送し、各店のカウンターおでんで三日以内に消費する」というレッドサークルの石灰の少ないこんにゃく生産と消費システムを称賛していた。

「それよか痛手なのは、かわもとのほうだろうよ。レッドサークルは、自社で和菓子の生産を始めたんだからな」

味和産業は、消費期限問題でイメージを落としてしまった和菓子部門を切り捨てた。レッドサークルが、工場ごとそれを買い取ったのだった。「あそこはいい菓子をつくっていた」というのが、吸収した赤丸会長の新聞記事でのコメントだった。マスコミ嫌いだという赤丸の短い言葉は、父のお菓子を褒めてくれたようで、嬉しく感じる自分がいた。

美代子が急に不安を覚えたらしい、「ワコちゃん……」と心細そうな声を出す。しかし、それも一瞬で、目に闘志が宿っていた。「対策会議をしましょう！　みんなに招集をかけるわ!!」

翌日の晩、川本家の狭い茶の間に集ったのは、榊と香織夫妻、陽平、武史と奈津だった。美代子が茶を運んできて、「さあさ、どうぞ」と湯呑《ゆの》みを配る。対策会議などと言いつつ、どこかはしゃいでいるようでもあった。茶請けに、個包装した饅頭をひとつずつ湯呑みの横に置いていく。

「私が立ち上げた味和産業の和菓子が、こんな形でワコを脅かすことになるなんて。すまない」

謝る武史に、「そんな、お父さんの手から離れたあとのことだから」とワコは言う。

「そもそも、コンビニやスーパーで置いているようなお菓子と、かわもとのお菓子を同じ括りで考えないほうがいいと思うの」と発言したのは奈津だった。「つまり、ああいう形式に刺激されて、値段を下げたり、見た目で勝負したりしてはいけないってこと」

「奈津おばさんの意見に賛成だな」と手を挙げたのは陽平だった。「やっぱり、かわもとらしい本格和菓子で勝負と行きたいね。そこでこの際、宴、かわもと羊羹に次ぐ看板商品をレッドサークルが開店する秋にデビューさせられないだろうか。ちょうどオープンから一周年になる時期だろ」

「ワコさんには、なにか新しいお菓子の準備があるのですか？」

と榊が訊いてくる。

「アレがあるじゃない、ワコちゃん！」

と横から美代子が言う。

「もしかして姉さん、どら焼きのこと？」

奈津に向けて、美代子が頷き返す。今度はワコに、「試作品はできてるのよね？」と満面の笑みで言って寄越す。

「何度もつくってみました」

と応えると、「ワコさんのどら焼き、とっても楽しみです」香織も笑顔を花開かせた。

彼女に向け、ワコはほほ笑み返す。

「ただ、今のままでは、かわもとのどら焼きとしてお店に出せないんです」

「おいおい、なに悠長なこと言ってるんだよ」と陽平。「ライバル店に客を取られちまうかもしれないんだぞ」

ワコは陽平を真っ直ぐに見る。

「あたし、六歳の時におじいちゃんのどら焼きを食べ、それを再現したくて和菓子屋になった。どら焼きは、あたしの生き方を決定づけたお菓子なの。そこに辿り着くために出会ったのが間宮羊羹。でも、間宮羊羹の餡子だけでは、おじいちゃんのどら焼きにならない。中途半端に似たものでなく、同じものをつくりたいの。なぜならどら焼きは、お菓子職人としてのあたしのすべてだから」

みんなしばらく黙っていた。

「分かったわ」と最初に口を開いたのは美代子だった。「ワコちゃんが納得するようにしたらいい」

「まったく……」と陽平がため息をついていた。そして気を取り直したように、「そう来たら、別の対策を考えないとな」と言い、鼻の下を指の横で擦る。

「その対策とは、やはりピーアールの方法なんじゃないだろうか」と唱えたのは、武史だった。「今、かわもとの店頭にあるお菓子について、ワコは自信を持っている。その味を、どうやって正しく人々に伝えるかだ」

陽平が頷いた。

「武史おじさんのおっしゃるとおりだと思います。そして、それは〝ワコのお菓子はこんなにおいしい〟ってストレートに宣伝するんじゃなくて、付加価値を持たせることだと思うんですよ」

「なるほど付加価値か。おいしいに、さらにお客さまを喜ばせる独自の仕掛けを持たせたお菓子にするということだね」

陽平と父との会話は、まさにビジネス会議だった。当事者のワコのほうが感心しながら聞いていた。

「問題は、その付加価値がなにかってことですけど」

そう言って陽平が考え込んでしまった。みんなで、またしばらく黙って思案する。

「ねえ、ワコちゃん」と沈黙を破ったのは、今度も美代子だった。その手には饅頭があった。

「時々、お饅頭を箱詰めでまとめて注文してくれる会社さまがあるわよね。ほら、この間も何箱かお届けしたけど」

「ええ」

「あのお得意さまでは、ご依頼があって、お饅頭に会社のマークの焼き印を押すでしょ。あれと同じことができないかしら？」

もちろんよいアイディアではあるが、ワコは戸惑ってしまう。

「でも伯母ちゃん、焼印代は大きさや細工によって一万〜二万円かかります。あの会社さまのように定期的にたくさんのお饅頭が必要な場合ならともかく、一般の方には負担が大き過ぎますよね」

武史が、「焼き印とまでは言わないまでも、一般の人に、もっと気軽にオリジナルの饅頭が提供できないものかな。できたら、無料サービスで」と腕を組む。

そこで榊が、自分の前に置かれた饅頭を手に取った。

「このうえに紙の帯を掛けるのはいかがでしょう？〈感謝〉とか〈お世話になりました〉というメッセージ付きの帯です。〈お祝い〉や〈ほんの気持ちです〉などというのもありかな」

ワコはその名案に目を輝かせる。

「それはいい！」と手を打ったのは武史だった。「かわもと羊羹や宴の折や箱に掛けてもいいな」

「文字は僕が書かせていただきましょう」

榊の言葉に、「先生、よろしいのでしょうか⁉」とワコは思わず声を高ぶらせる。

「榊先生の書を、俺がスキャナーで読み取って、パソコンでデザインするよ」と提案したのは陽平だった。「もしもお客さんのほうで、手書き文字でメッセージや写真を帯に印刷したいのなら、それにも対応できる。名前と赤ちゃんの写真で誕生記念とか、新郎新婦の写真を入れて結婚式の引き出物にするなんてのもあるかもな」

「さっすが陽平君！」と美代子が満面の笑みを浮かべる。「ほら、ワコちゃんもあたしもアナログ人間で、パソコンなんて触ったこともないしね」

陽平がワコを見る。

「おまえもいい加減、店にパソコンを入れたらどうだ？　この際、ネット販売のサイトも立ち上げたらいい。俺が手伝うよ」

「ありがと」とワコは伝えてから、「でも当分の間は、しっかりとお客さまと顔を合わせた販売がしたいんだ」そう応える。菓子を売るだけでなく、この地域にかわもとが存在する意義があることこそが本当の付加価値だと思うから。


「へえ、オリジナル帯デザイン」

店内の張り紙を見て、藤沢さんが興味深そうに言う。彼女は、まさにかわもとに最初に来店してくれ、常連となってくれたお客だ。張り紙は、陽平がパソコンでつくったものである。

「お饅頭や大福、最中ひとつから承っておりまーす」

と奈津が相変わらずハイテンションで応える。

店でのそうしたやり取りを仕切りのガラス戸越しに眺め、工房にいる美代子とワコは笑みを交わした。

「うちの孫が加わってる少年サッカーチームが、大会で優勝したの」と藤沢さん。「関係者の方に、なにかお礼がしたいみたいなんだけど、チームの子たちの集合写真も帯に入れられるかしら？」

「もちろんお受けできますよ！」

「じゃ、うちに帰ってさっそく話してみるね」

「よろしくお願いしまーす」

藤沢さんを見送ると、奈津が工房にいるワコのほうを振り返った。そして、大袈裟《おおげさ》にガッツポーズしてみせる。こんな具合に、オリジナル帯にはさっそく数件の引き合いがあった。帯のメッセージサービスに加え、かわもと羊羹が好評で、母に助《すけ》っ人《と》を頼んでいた。奈津も今では揃いのデニム作務衣を着て、働いている。

店にまた新たに客が訪れ、奈津は再び対応に追われる。

「おじいちゃんが間宮という船に乗っていたこと、それはワコちゃんから聞いて初めて知った」と美代子が言う。「でも、怪我を負ったおじいちゃんが横須賀の海軍病院に入院したこと。そこで、看護婦だったおばあちゃんが、歩くこともままならないおじいちゃんのリハビリに付き合ったこと。それればかりでなく、生きる意志も取り戻させたことは、おじいちゃん自身の口から何度も聞いた。きっとおじいちゃんは、おばあちゃんに感謝していたのね」

美代子は工房の作業台で、ひとり分に切ったかわもと羊羹をプラスチックケースに入れるのを手伝ってくれている。彼女がなおも言う。

「おじいちゃんが井手田の義男さんに伝えた〝自分が菓子職人として一本立ちできたのは、間宮羊羹のおかげ〟という言葉。あれ、本当は〝自分が菓子職人として一本立ちできたのは、フミのおかげ〟そう考えてたんじゃないかって。もちろん恥ずかしくて、おじいちゃんは口になんてしないわよ」

それって、おばあちゃんのおかげってこと？　とワコは思う。

「おじいちゃんは、終戦までをずっと海軍病院で過ごした。退院してからは、またかわもとで働き始めたの。今度は真面目にね」

ワコはくすりと笑う。

「ワコちゃんから間宮のことを聞いて思ったんだけど、おじいちゃんが軍隊時代のことを話さなかったのは、自分だけが生き残ってしまったという負い目のようなものがあったからなんじゃないかしら。だから、自分がつくるお菓子が評判になるのも避けるようなところがあった。町の和菓子屋においしいどら焼きがあるって、マスコミからの取材申し込みもあったのよ。でも、いっさい断《ことわ》ってた」

「やっぱり、おじいちゃんのどら焼き、評判だったんだ」

美代子が頷く。

「当時、町に和菓子屋さんはたくさんあった。でも、おじいちゃんのどら焼きはたちまち売り切れちゃうの。まあ、つくる数が少なかったっていうせいもあるんだけど。なにしろ、一日五十個しかつくらないんだから」

「五十個？」

再び美代子が頷いた。

「たいていね、午前中には売り切れちゃう。それに、夏の間はつくらなかったしね」

ワコは、はっとする。

「おばちゃんは前に言ってましたよね、〝おじいちゃんのどら焼きの味どころか、食べたかどうかさえ覚えてなくて〟と。〝どら焼きだけは印象がないのよ〟と。それは、おじいちゃんがつくるどら焼きの数が少なかったせいなんですね」

だから、開港楼の志乃が「かわもとにはどら焼きを置いていなかったでしょ」と言っていたのだ。「あたくしが知る限り、かわもとの店頭にどら焼きが並んでいるのを見たことがないわね」と。

「あとね」と美代子が言う。「おじいちゃん、賞味期限をとっても気にしていた。必ず、今日中に食べることとって。必ずだよって。このどら焼きがおいしく食べられるのは、せいぜい三時間のうちなんだからって」

どういうこと、賞味期限がそこまで短いというのは？　しかも、夏にはつくらなかったというし……。いくら間宮羊羹がベースの餡子だからとはいえ、おいしく食べられるのが三時間なんて？

考え込んでしまったワコをよそに、美代子がなおも述懐した。

「おじいちゃんは、右の頬に深い傷があった」

写真の徳造の右頬には、しわに交じって横に走るひと筋がある。

「胸にもひどい傷があるからと、夏も薄着にならなかったの。いくら暑くてもランニングシャツ一枚なんてあり得なかった。そのせいで、海水浴にもプールにも連れて行ってもらえない。あたしが甘いものを好まないのは、反発するところがあったからなのかもね」

そこで、美代子は仕切り窓の向こうを見やる。店では客が、奈津を相手に世間話に興じていた。奈津が、うんうんと頷いている。

「ナッちゃんはお父さん子でね、和菓子も大好きなの。でもね、あなたのおばあちゃんが亡くなってからは、自分の身体を大事にしようとしないおじいちゃんとすぐに口げんかになった。おじいちゃんの体内にはね、戦争中に爆弾で受けた金属片がまだ残っていたの」

「それって……」

美代子がワコに向けて頷く。

「戦時中の医療技術では取りきれなかったのね。でも、今なら取れるはず。おじいちゃんは古傷に苦しんでいたし、残っている金属片が動いて重要な臓器に行き着いてしまうかもしれない。ナッちゃんはそれを心配していたわ。もちろん、あたしも」とうつむく。「そして心配したとおりのことが起こった。かわもとの作業場で倒れたの。金属片が心臓に達していた。病院で治療を受けたけれど、手遅れだった」

それが奈津の口にした〝おじいちゃんに対してわだかまりがあって〟だったのだ。

しんみりしていた伯母の顔が、ほんのりほほ笑む。

「だけど、おじいちゃんは、どうでもよかったみたい」そのあとで、「ううん」と首を振った。「というより、おじいちゃんは早くおばあちゃんのところに行きたかったのかも」

「おじいちゃんは、おばあちゃんのことを愛してたんだ」

とワコは言ってみる。すると、美代子が頷いた。

「愛している、なんて言葉にはしなかったけど、きっとそうでしょうね」

店のほうで、「ありがとうございました」と奈津の明るい声が響く。それに対して、客のほうも、「ありがとね」と応える。入れ替わりに入ってきた客が、奈津に向かって、「この間の羊羹、贈った相手が〝おいしかった〟って喜んでた。ありがとう」と言う。

そうだ、一度だけ訪れた祖父の店でも、「ありがとう」が行き交うのを耳にした。それをぼんやりと思い出す。「ありがとうございました」という徳造に、お菓子を買ってくれたお客のほうも、「ありがとう」と応えるのだ。「おいしいお菓子をありがとう」と。祖父の店に行ったのは、たったの一度きりだ。けれど、その時の幸福感と温かさを忘れることができない。そして、ワコは思う。自分がつくりたかったのはどら焼きだけではない、この空間だったのだと。もう味わえないもの、もう行けない場所だからこそ、あたしがつくるんだ。

2

九月、かわもとは開店一周年を迎えた。そして、中町駅前にはレッドサークルがオープンした。今後、どのような影響が出るのか。いずれにせよ、ワコがこれからも本格的なお菓子づくりをしていくことに変わりはない。

ワコは、真っ白な餅を作業台に並べていた。一升の米でつくった餅を、子どもの満一歳の誕生日に背負わせると、一生食べものに困らない。〝一升〟と〝一生〟を掛けた餅負《もちお》いのお祝いである。丸い餅の形から、円満な人生を送れるようにとの願いも込められている。ワコは二キロの餅を、十個に分けてつくることを思いついた。このほうが、内祝いで集まった客に配りやすい。

伸《の》し餅に対して、丸餅は水を切ってつくるので硬くなる。一升餅だと背負ったあとに、切り分けにくいし、だいいち一歳児が背負うのは大変だ。泣き出してしまう子もある。

艶やかな一升餅を作業台に並べると、ワコは筆を取り、〔寿〕という赤い文字を綴っていく。食紅ではなく、赤紫蘇《あかじそ》からつくった赤色を使うこだわりは相変わらずだ。書自体のほうはまだまだだが、榊の指導を受けて修業を続行中である。

店の一角には、小さめの一升餅を背負った子どもたちの写真を飾ったギャラリーがある。子どもたちの顔は、笑っていたり、ぽかんとカメラのほうを見つめていたり、餅が小さくてもやっぱり泣いてしまった顔だったりする。親たちが贈ってくれた写真が自然と集まったのだ。ここにも「ありがとう」が行き交っているのかもしれない。

「配達に行ってきます」

店にいる美代子と奈津に声をかける。

「行ってらっしゃい」

彼女らが揃って言う声に送り出される。ワコは、このふたりが姉妹で一緒に働く姿を見るのが好きだ。一升餅の入った風呂敷を手に裏口から外に出る。たちまち強い残暑の陽射しに包まれた。

「おい、ワコ」

と呼ばれた声のほうを向いたら、軽ワゴンの運転席から陽平が身を乗り出していた。

「配達か?」と訊かれ、「うん」と応える。

「俺もなんだ。この季節、まだ注文はちょぼちょぼだけどな」と苦笑したあとで、「乗れよ、配達先まで送っていく」と言う。

「近くだし、いいよお」

すると、いつかのように車から降りてきて、「暑いから、車で少し話さないか」と誘う。ただし、陽平はあの時みたいにスーツ姿ではなく白い作業服で、高級外車ではなく軽ワゴンの助手席のドアをあけた。

「じゃ、せっかくだから」

とワコは狭いけれど涼しい車内に乗り込み、風呂敷の包みを抱えてシートに腰を下ろす。陽平がクルマを発進させた。

「ねえ、お菓子の帯メッセージに協力してくれたから、あたしもアイディアを提供する」

ハンドルを握る陽平が、すぐに興味を示す。

「夏の間、井手田食品でラムネをつくったらどうかな?」

給糧艦間宮では、限られた製造スペースを有効活用し、清涼飲料のラムネもつくられていたという。担当していたのはこんにゃくや豆腐を製造していた部門らしい。喉越しのいいラムネは、兵たちの人気が高かったと安住から聞いた。安住には、この夏にも羊羹をお中元に送っている。

「ラムネか……」と呟いてから、陽平の目がさらに輝きを増す。「そうだ、サイダーつくろう！　店のでっかいタンクと攪拌機で砂糖水をつくればサイダーができる。ボイラーでビンごと蒸し上げて殺菌して、冷やすための冷却器もある。炭酸発生装置を買う必要があるけど、まあ、たいした投資じゃない」

「ラムネじゃなく、サイダーなわけ？」

と言ったら、力強く頷いた。

「ブランドイメージだ。日本のサイダーの発祥の地は横浜なんだ。ヨコハマサイダーで売り出すぞ！」

そう絶叫する。やれやれ、余計なアドバイスしちゃったかな。でも、このヤマっけが陽平らしいのかも。

「うん？　ブランドイメージ……サイダー発祥の地……か」

その時、あることに思い至る。

陽平が不思議そうに訊いてきた。

「どうした？」

「おじいちゃんのどら焼きがつくれるかもしれない！」

仏壇の前に正座し手を合わせていたワコは、身体の向きを変えると畳に手をつきお辞儀した。

「ありがとうございました」

そう言ったのは、背後で控えていた茂木の息子の妻、恵子である。

ワコは再び福島の茂木の家を訪ねていた。

昨日の陽平との会話で、地域によってつくられる餡子の風味が異なることに考えが及んだのだ。日本のあちこちを修業で渡り歩いた鶴ヶ島が言っていた。「菓子は地域によってずいぶんと違う。東と西では甘さだって異なる」

徳造は間宮で、兄と慕うような菓子職人の稲留と一緒だった。「川本は、その男から菓子づくりを習っていだんでねえがな。そだふうな感じだった」と茂木が言っていた。それに子どもが喜ぶお菓子というのはトメさんの亡くなった娘、幸子ちゃんのためという意味があるかもしれなかった。

稲留は、福島県の会津出身の人だったという。同郷であることから、彼が徳造に餡子についてなにか言っていなかったか、ほんの断片でもいいからヒントが得られないかと茂木を訪ねたのだった。だが、茂木は先月亡くなっていた。ワコはお悔やみの言葉を伝えた。そして、連絡をせずにいきなり訪問した非礼を詫びた。どら焼きのこととなると、自分は後先ない。

「舅《しゅうと》の最期は穏やかでした」と恵子が言った。「樋口さんのおかげで、海軍時代の思い出の羊羹も味わうことができましたし」

彼女に見送られて外に出た。茂木宅から五分ほどのところにあるバス停に、白いワンピース姿のワコは陽傘《ひがさ》をさして立つ。斜め向かい側の停留所を、降りる人もなく反対方向のバスが通過していった。一本道の彼方《かなた》に山々が連なっている。道の片側は田んぼだ。収穫の時期はもうすぐである。もう片側は畑だった。「戦後はここさ戻って、ずっと畑をやってる」という茂木の言葉を思い出す。

バスが来るまであと十分ほどあった。徳造のどら焼きの餡子に近づけたような気がしたが、

「また出直しだな」とワコは声に出して呟く。

その時、「樋口さーん」自分を呼ぶ声がした。目を向けると、自転車に乗った恵子がこちらにやってくる。

「せっかくいらしていただいたのに、こんなものしかなくて申し訳ないのですが」

とカゴに載せてきた保冷バッグを、恵子が差し出す。

「そんな」

と遠慮するワコに、「たいしたものじゃないんですよ」と、彼女がファスナーをあけて中を見せた。ジップ袋に細切りにしたスルメイカとニンジンの漬け物が入っていた。

「松前漬けですか?」

とワコは訊いてみる。

「イカニンジンです。北海道の松前漬けの原型なんていう説もあるみたいですね。江戸時代の国替えが関係しているらしいとか、詳しいことは知りません」と恵子が笑う。「福島の郷土料理っていうか、家庭料理なんです。スルメとニンジンを醬油《しょうゆ》、日本酒、みりんで味付けしま

す。松前漬けと違って昆布のぬめりがないので、ニンジンの食感がサラダ感覚で楽しめるんですよ。ニンジンはうちで取れたものです」

「わあ、おいしそう」

ワコは喜んで、恵子手ずからの福島の味を頂だいする。

「つくったばかりなので、ひと晩置いてから召し上がってください」

と彼女が言う。

「ひと晩置くんですか？」

恵子が頷く。

「そのほうがスルメの生臭みも消えて、味がこなれるんです」

もはやワコには相手の言葉が聞こえていない。

「ひと晩置く……これだ」

「え？」

「これだ！」

ワコは思わず駆け出していた。

「樋口さん！　樋口さーん！」

背後で呼ぶ声が聞こえていたが、立ち止まるつもりはなかった。陽傘の柄をつかんで、ワコは走る。バスなんてじっと待っていられない。はやる気持ちを抑えられなかった。一分一秒でも早く帰りたい！　帰って小豆を煮るんだ!!

ワコは自分しかいない早朝の工房で、冷蔵庫からサワリを取り出した。そこには、しっとりと蜜がしみた小豆が入っている。昨日、煮た小豆に蜜を入れ、しばらく沸騰させてから火を止めた。そうして、ひと晩置いたのだ。

普通なら、小豆を煮てから餡子にするまで一日で終わらせてしまう。それをしなかった。ひと晩置くことで、蜜が浸透した小豆になっているはずだ。ここから間宮羊羹をベースにした餡子を炊く。間宮羊羹と違うのは、小豆をひと晩置いているところだけではない。小豆の渋切りを三度行っている。

日持ちさせるためのたくさんの砂糖を使わず、煮詰めもしない瑞々しい餡子にすぐさま寒天を加えてつくるのが間宮羊羹だ。このどら焼きのための餡子は、小豆をひと晩置いているのだから、賞味期限は間宮羊羹よりもさらに短くなる。しかし、小豆に蜜がしっかりとしみた、新鮮で生気がありながらも味のこなれた餡子になっている。これこそが、祖父から手渡された名前を知らない秘密の果物だったのである。

餡子が炊けると、今度は一文字でどら焼きの皮を焼く。卵と蜂蜜が多い生地をどらさじですくい、熱した一文字の上に丸く流す。すると、早くも香ばしく甘い香りがただよい始める。表面に気泡が浮いてきて、それが割れて小さく穴があいたら、裏返す。反対側は乾かす程度にさっと焼けばよい。

一文字でふんわりと焼いた皮に、餡子をヘラですくい挟み込む。どら焼きをふたつつくった。

「おはよう」

裏口から奈津が入ってくる。

「お母さん――」

思わずワコは呼びかけていた。

彼女は、ワコの顔を見て、すぐに察したらしい。

「できたの？」

ワコは頷いた。

奈津は手を洗うと、待ちきれないようにどら焼きをふたつに割る。表面がしっとりした皮は、餡子から吸った蜜が滲《し》みだしているようだ。皮に挟まれた、粒餡の小豆が覗いている。餡子に小豆の赤色がちゃんと出ていることを、ワコは確認する。この色が食欲を増し、餡の出来を決めるのだ。ワコは仕上がりに満足する。

奈津が目を閉じて、半分に割ったどら焼きを口に運ぶ。しばらく味わってから、まぶたをあけた。そして、ワコを真っ直ぐに見る。その表情が、泣き出しそうな笑顔になっていた。

ワコもどら焼きの味見をする。餡子を味わっていると、赤いランドセルを背負って走り出す幼い自分の後ろ姿が見えた。

「春か」

徳造の声がした。その声が笑みを含んでいるのが分かる。

ワコの中に、波がまたゆっくりと波を押すような海の風景が広がった。

「そうか、海か」

徳造が満足げに言う。

「どうだ、水菓子のような餡子だろう」

ワコの頬を涙が伝う。

花吹雪が舞う道を、今ワコは歩いていく。桜並樹の先はお菓子の船の甲板で、徳造と整列した乗員たちがほほ笑んでいた。

あとがき

　この物語を書くきっかけは、テレビで『歴史秘話ヒストリア　お菓子が戦地にやってきた〜海軍のアイドル・給糧艦「間宮」〜』を偶然に目にしたことでした。それはまさに横目でちらりと見た程度でしたが、不思議と頭に残りました。そうしていつしか、給糧艦間宮と間宮羊羹を題材に小説を書けないだろうかと思うようになったのでした。初めて番組を見てから、こうして本になるまで八年の月日が流れたことになります。

　和菓子製造の取材を、神奈川県川崎市にある御菓子所《おかしどころ》花ごろもの代表・大澤忍《おおさわしのぶ》さんにお願いしました。餡子を炊く現場を見学させていただいたほか、作中のどら焼きについてもさまざまなアイディアを提供していただきました。物語に登場するひげのショーフクこと木村昌福少将のキャラクター造形には、将口泰浩《しょうぐちやすひろ》著『キスカ島奇跡の撤退　木村昌福中将の生涯』（新潮文庫）と『アッツ島とキスカ島の戦い――人道の将、樋口季一郎と木村昌福』（海竜社）を参考にさせていただきました。第七章で榊が口にする〝くぐもり〟という言葉は、石川九楊《いしかわきゅうよう》著『書と文字は面白い』（新潮文庫）所収の「字形のくぐもり」から引用しています。執筆にあたって有限会社森定《もりさだ》商店・森隆雄《もりたかお》社長と坪井《つぼい》食品株式会社・坪井裕平《ゆうへい》社長に貴重なお話を伺いました。また、方言の監修を福島県只見《ただみ》町《まち》役場観光商工課の皆さん、福島県東京事務所企画交流課の皆さんにお願いしました。深く感謝しています。事実と異なる部分は意図的なところも、そうでないところも、すべて作者の責任です。

主要参考文献

『製菓製パン』編集部編『和菓子宝鑑　名匠の上生菓子十二ヵ月』製菓実験社

仲實著『プロのためのわかりやすい和菓子』柴田書店

『創作市場――第21号「お菓子に遊ぶ」』マリア書房

ＮＨＫ「歴史秘話ヒストリア」制作班編『ＮＨＫ新歴史秘話ヒストリア　歴史にかくされた知られざる物語　４　太平洋戦争の記憶』金の星社

『３Ｄ　ＣＧシリーズ　44　日本海軍艦艇集』双葉社

藤田昌雄著『写真で見る海軍糧食史』潮書房光人社

大内建二著『特務艦艇入門　海軍を支えた雑役船の運用』光人社ＮＦ文庫

半藤一利編『太平洋戦争日本軍艦戦記』文春文庫

水交会編『回想の日本海軍』原書房

キスカ会編『キスカ戦記』原書房

将口泰浩著『キスカ島奇跡の撤退　木村昌福中将の生涯』新潮文庫

将口泰浩著『アッツ島とキスカ島の戦い――人道の将、樋口季一郎と木村昌福』海竜社

花井文一著『実録　海軍志願兵の大東亜戦争』元就出版社

佐藤さとる著『海の志願兵　佐藤完一の伝記』偕成社

柳生悦子著『日本海軍軍装図鑑［増補版］―幕末・明治から太平洋戦争まで―』並木書房
歴史群像編集部編『新装版 帝国海軍艦艇ガイド』学研パブリッシング
辺見じゅん著『決定版 男たちの大和〈上〉〈下〉』ハルキ文庫
高森直史著『戦艦大和の台所 海軍食グルメ・アラカルト』光人社
坪井平次著『戦艦大和の最後』光人社
秦郁彦著『旧日本陸海軍の生態学―組織・戦闘・事件』中央公論新社
小泉悠、宮永忠将、石動竜仁著『日本海軍用語事典』辰巳出版
阿川弘之著『食味風々録』中公文庫
海軍めし愛好会（青山智樹／バーバラ・アスカ）著『自分でつくる うまい！ 海軍めし弁当』経済界
石川九楊著『書と文字は面白い』新潮文庫
『伝える 戦後70年を前に 零戦から見た 救い求める敵操縦士の目 元海軍中尉 原田要さん98』読売新聞二〇一四年十二月五日付朝刊
『平成最後の夏 戦後73年聞く4 文学青年の出陣 松本武雄さん94（埼玉県上尾市）』読売新聞二〇一八年八月十六日付朝刊
『禍を超えて 戦後75年 上 死の淵2度 語る使命 徴用船沈没 病院で機銃掃射』読売新聞二〇二〇年八月十三日付朝刊
『真珠湾伝える 命の限り 仲間の死「開戦回避なら…」攻撃参加103歳の誓い』読売新聞二

〇二一年十二月八日付朝刊

映像資料

制作・著作NHK『歴史秘話ヒストリア　お菓子が戦地にやってきた～海軍のアイドル・給糧艦「間宮」～』

本書は書き下ろしです。

上野　歩（うえの・あゆむ）

1962年、東京都生まれ。専修大学文学部国文学科卒業。1994年に『恋人といっしょになるでしょう』で第7回小説すばる新人賞を受賞してデビュー。著書に『キリの理容室』『料理道具屋にようこそ』『わたし、型屋の社長になります』『就職先はネジ屋です』『鋳物屋なんでもつくれます』『天職にします！』『あなたの職場に斬り込みます！』などがある。

お菓子《かし》の船《ふね》

二〇二三年二月二〇日　第一刷発行

著　者　上野《うえの》　歩《あゆむ》

発行者　鈴木章一

発行所　株式会社講談社
〒一一二-八〇〇一
東京都文京区音羽二-十二-二十一
電話　出版　〇三-五三九五-三五〇五
　　　販売　〇三-五三九五-五八一七
　　　業務　〇三-五三九五-三六一五

KODANSHA

本文データ制作　講談社デジタル製作
印刷所　株式会社KPSプロダクツ
製本所　株式会社国宝社

Printed in Japan　ISBN 978-4-06-530555-3　N.D.C. 913　270p　19cm